百部红色经典

突 围

杨金远 著

北京联合出版公司
Beijing United Publishing Co.,Ltd.

图书在版编目（CIP）数据

突围 / 杨金远著. -- 北京 : 北京联合出版公司,
2021.7（2023.5重印）

（百部红色经典）

ISBN 978-7-5596-4882-2

Ⅰ.①突… Ⅱ.①杨… Ⅲ.①长篇小说—中国—当代
Ⅳ.①I247.5

中国版本图书馆CIP数据核字(2020)第267078号

突围

作　　者：杨金远
出 品 人：赵红仕
责任编辑：夏应鹏
封面设计：李雅楠

北京联合出版公司出版

（北京市西城区德外大街83号楼9层 100088）

北京新华先锋出版科技有限公司发行

大厂回族自治县德诚印务有限公司印刷　新华书店经销

字数162千字　787毫米×1092毫米　1/16　13印张

2021年7月第1版　2023年5月第2次印刷

ISBN 978-7-5596-4882-2

定价：49.00元

出版前言

为庆祝中国共产党成立100周年，全面展现中国共产党成立以来中华民族辉煌的发展历程、取得的伟大成就和宝贵经验，集中体现中华民族的文化创造力和生命力，北京联合出版公司策划了"百部红色经典"系列丛书，希望以文学的形式唱响礼赞新中国、奋斗新时代的昂扬旋律。

本套丛书收录了近一百年来，描绘我国人民在中国共产党的领导下艰苦奋斗、开拓创新、改革开放的壮美画卷，充分展现我国社会全方位变革、反映社会现实和人民主体地位、弘扬社会主义核心价值观、讴歌中华民族伟大复兴中国梦的100部文学经典力作。

本套丛书汇集了知侠、梁晓声、老舍、李心田、李广田、王愿坚、马烽、赵树理、孙犁、冯志、杨朔、刘白羽、浩然、李劼人、高云览、邱勋、靳以、韩少功、周梅森、石钟山等近百位具有代表性的中国现当代著名作家。入选作品中，有国民革命时期探索革命道路的《革命的信仰》《中国向何处去》，有描写抗日战争的《铁道游击队》《敌后武工队》《风云初记》《苦菜花》，有描绘解放战争历史画卷的《红嫂》《走向胜利》《新儿女英雄续传》，有展现新中国建设历程的《三里湾》《沸腾的群山》《激情燃烧的岁月》，有寻找和重建民族文化自信的《四面八方》，也有改革开放后反映中国社会现状、探索中国道路的《中国制造》，同时还收录了展现革命英雄人物光辉事迹的《刘胡兰传》《焦裕禄》《雷锋日记》等。

本套丛书讲述了丰富多样的中国故事，塑造了一大批深入人心的中国形象，奏响了昂扬奋进的中国旋律。这些经历了时间检验的文学作品，在艺术表现形式、文学叙述方式和创作技巧等方面都具有开拓性和创造性，作品的质量、品位、风格、内涵等方面都具有很高的水准，都是有筋骨、有道德、有温度的优秀作品，很多作家的作品都曾荣获"五个一工程奖""茅盾文学奖""鲁迅文学奖""国家图书奖"等奖项。

为将该套丛书打造成为集思想性、艺术性、时代性为一体，展现新时代文学艺术发展新风貌的精品图书，北京联合出版公司成立了由出版界、文学艺术界的资深专家和学者组成的编辑委员会。他们从文学作品的历史价值、文学价值、学术价值、现实意义等维度对作品进行了深入细致的研读和筛选，吸收并借鉴了广大读者的意见与建议，对入选作品进行深入细致的分析与综合评定，努力将"百部红色经典"系列丛书打造成为政治性、思想性和艺术性和谐统一的优秀读物，向伟大的中国共产党成立100周年这一光荣的日子献礼！

第一章

1

一九三七年，闽中的局势发生了根本的变化。闽中地区是国民党在福建的统治核心，蒋介石把闽、赣两省划分为十二个"绥靖区"，由中央军分兵把守。闽中地区属"第十一绥靖区"，由第九师第二十五旅旅长张琼率部驻守。但国民党的主要力量被调往第十一次"围剿"的前线，后方相对空虚。何况这时的闽中已经建立了相对稳固的游击根据地，并成立了闽中特委，原先的福清和闽中两支游击队分别被整编为闽中工农游击队第一支队和第二支队，周映丁出任第二支队支队长，李铁任政委。在中共闽中特委的领导下，红第一支队和红第二支队以各自根据地为依托，采用灵活机动的游击战斗，互相策应，四处游击。他们在当地动员群众，成立农会，发动农民开展抗捐、抗税、抗租、抗粮斗争。为了保证"四抗"运动顺利开展，红第二支队首先打击那些欺压群众、民愤较大的地主、土豪、劣绅，使农民得到了实际利益，更加拥护共产党和红军游击队，纷纷加入贫农团、少年儿童团和民族自卫团等革命群众团体，从而把闽中游击战争推向了高潮。

陈池龙就是在这种形势下参加红军游击队，成为红军游击队里的一名战士的。

实际上，陈池龙在参加红军游击队前曾有过犹豫。和他的木匠手艺比起来，他想不出参加红军游击队有什么好。恰恰这时，他的父亲陈觉苍因得了一场暴病撒手归西，这对陈池龙来说实在打击太大了，从此他对木匠手艺就再也提不起劲儿来。相反，他整天要面对的除了媳妇九红，还是九红，这是他所不能容忍的。陈池龙参加红军游击队的动机其实非常明确，他的目的就是为了向土匪王世吾报仇。

陈池龙参加革命的介绍人恰恰是红第二支队支队长周映丁。说起来周映丁跟陈池龙还是半个老乡，周映丁的妻子陈秀珍跟陈池龙是同乡，都是龙潭村人。正因为是老乡，陈池龙便没有完全把周映丁当红军游击队的领导看，有一大半，他把周映丁当成了乡里人。他把周映丁拉到一边问："老周，咱们也算是同乡了，咱们也不说客套话，有件事你得实话告诉我，你说，革命还管不管像王世吾那样的土匪？"

对陈池龙的情况，周映丁多少也知道一些。周映丁便说："当然管，为什么不管？"

陈池龙问："怎么管？"

周映丁说："改造他们！消灭他们！"

陈池龙说："你说的都是实话？"

周映丁说："当然是实话。"

陈池龙一听笑了，说："老周，你这话我信了！这个革命我参加定了！从今往后，你让我往东，我不往西，我生是革命的人，死是革命的鬼！但有一点你得答应我，有一天，我一定要亲手干掉王世吾。不报此仇，我陈池龙誓不为人！"

周映丁却觉得陈池龙的世界观有问题，立足点太低，胸怀太狭隘了。像许多喜欢说大道理的那类干部一样，他忙说："不对！不对！参加红军游击队不单单是为了报个人的恩怨私仇，而是要解放全人类。知道吗？"

"解放全人类！"陈池龙说，"先干掉他娘的王世吾，再解放全人类。"

参加了红军游击队，陈池龙果然作战非常勇猛。陈池龙被编在红第二支队二团六营三连，枪支不够，有相当一部分战士只发给一把大砍刀。陈池龙刚来队上，自然只能分给大砍刀，但他已经很知足了。他把大砍刀磨了又磨，刀片磨得很亮，刀刃锋利得只轻轻一抹脖子，脑袋就可跟身子分家了。

平时没有仗打，陈池龙就拿大刀砍树脖子。山上有的是树，都碗口般粗，陈池龙挥起大刀，一刀一棵树，有时一口气能连着放倒十几棵树，一茬茬碗口般粗大的树木就像人脖子一样在陈池龙的刀下纷纷滚落到地上。断口处流出来的汁液，在陈池龙的眼里，分明就是王世吾断脖子流出来的血，散发出醉人的腥气。

有了这身本事，陈池龙愁的就是没仗打，一天不打仗，就觉得生活非常没趣。那时候，他就会跑去找周映丁，缠着周映丁给下战斗任务。周映丁却总是说："不急不急，你还怕没仗打呀？"

陈池龙说："就是没仗打呀，还能不急？"

周映丁笑了，说："别到时真的来仗打了，你又怕了。"

陈池龙火了起来："谁怕了？怕死还来当什么鸟兵？"

让陈池龙不能理解的是，既然没仗打，为什么不把部队拉去剿匪，把王世吾打他个稀巴烂！

五月份，部队接到命令，准备参加对国民党中央军的运粮伏击战，然后把粮食送往根据地，接济各游击部队。根据上级命令，团参谋长马超负责指挥这场战斗。伏击小组由二十名精英组成，可这二十人里却没有陈池龙。陈池龙不服气，立马跑去找马超，吵着问为什么不让他去，马超说："这次战斗事关重大，你刚来部队，没有什么作战经验，以后再说吧。"

马超原先不是没有考虑过陈池龙，陈池龙作战勇敢，一点儿也不怕死的精神早已给他留下了深刻的印象。但问题是陈池龙勇敢有余，理智不足，不是一名真正意义上的优秀士兵。况且这种战斗需要的是巧取，而不是强攻，稍有不慎，就可能给战斗带来失败。马超不考虑让陈池龙参加伏击自然有他的道理。

陈池龙更加不服气起来，说："打仗还要什么经验？打仗先要勇敢，然后再说经验。你经验再丰富，胆小怕死，不敢跟敌人交战，仗还能打赢吗？"

接下去不管马超如何解释，陈池龙就是听不进去。马超被他纠缠不过，只好让他参加伏击战。

战斗是在翌日上午九点整打响的，结果在那之前部队出了一件事。当敌人的车队才刚刚进入伏击圈，参谋长马超还没发出战斗命令，一个战士因为紧张已经先搂动扳机走了火。霎时敌军已经发现碰上伏击，赶紧调过火力向伏击部队发起猛攻。双方于是开始激烈交火。

敌军事先已经意识到在运粮途中可能会遭游击队伏击，五辆运粮车他们派了整整一个排的兵力负责押车，用的又都是一些精良的武器。而游击队里除了参谋长马超和几个骨干游击队员手里有几支枪外，大多数战士的手里都和陈池龙一样拿的是大砍刀。双方一交战，游击队哪里是他们的对手；一阵强火力过后，游击队这边几乎就哑了，听不到枪声响了。

所幸的是，第一辆运粮车的一个车轱辘在第一轮交火中就已经被参谋长马超射中，车一下子就栽在那里，把后面车子的路都给堵死了，前进不得，后退不能。恼羞成怒的敌人便都跳下车以运粮车当掩体跟游击队进行对峙。估计他们已经发现游击队的力量逐渐削弱了，于是大胆地向游击队发起了攻击。

形势已经到了非常危急的关头，参谋长马超正考虑等待时机发起反攻，却见陈池龙已经挥起大刀，大喊道：不怕死的跟我冲呀！

马超想不到陈池龙会突然有这种举动，等他意识到眼下陈池龙的举动实际上就是他正在考虑的进攻方案时，陈池龙已经跃过壕沟，像一头野牛一样疯狂地冲入敌阵，举刀朝敌人乱砍。马超不敢迟疑，举枪喊道：同志们跟我冲呀！战士们在马超的带领下，纷纷举着大刀、端着刺刀冲向敌人，和敌人展开白刃格斗。

陈池龙一连砍死了四个敌人，其他战士也砍倒了几个敌人。敌人在无畏的游击队勇士们面前害怕了，纷纷丢下枪举手投降。在这场战斗中，游击队虽然牺牲了两名战士，却缴获粮车五辆，长、短枪三十支。陈池龙虽然也挂了彩，胳膊被子弹削去了一块肉，但一个人缴获了四支长枪、一支短枪。他挑了一支冲锋枪斜挎在肩上，笑呵呵地对马超说："参谋长，这支枪归我了！"

陈池龙说这句话的时候，参谋长马超还在想着这场战斗胜利来得有点儿稀里糊涂。他注意到，陈池龙的莽撞和勇敢恰恰对这场战斗的胜利起到了至关重要的作用。这样，马超连本来想批评陈池龙的话也咽回肚里去了，他赞赏地看着陈池龙，笑眯眯地说："行，枪归你了！"才说完，又觉得如果不批评几句，以后陈池龙更不知道会做出什么莽撞的事情来，便说："陈池龙，以后战斗要服从命令听指挥，让你冲你就冲，没让你冲，你就老老实实地待着，不可胡来！"

陈池龙被胜利冲昏了头脑，这话哪里听得进去，嘴里说，知道了！

知道了！心思却已经放在了新缴获的冲锋枪上，端起枪对着一个俘虏瞄着，吓得那俘虏嗷嗷直叫。

支队进行这次战斗总结表彰的时候，不知道怎么搞的，陈池龙在没接到冲锋命令前就冲入敌阵的事让支队领导知道了，支队长周映丁说："这还了得！这哪里还像一个红军战士，现在还好，瞎猫碰上死耗子，仗给打赢了。要是仗打败了，这个责任要由谁来承担？"

周映丁让人找来陈池龙，当面大声批评他从来就不懂得守纪律，稀稀拉拉的，现在都已经是红军战士了，还当是在家当老百姓，想怎么样就怎么样？

对周映丁的严厉批评，陈池龙只嘻嘻地傻笑，也不争辩。他越是这样，周映丁就越是拿他没办法。其实，周映丁拿陈池龙没办法是假的，关键是陈池龙这回真的是瞎猫碰上了死耗子，这场战斗让他打赢了，周映丁也就把陈池龙违反纪律问题的严重性看淡了几分，加上马超在一边说情，周映丁也就不再追究陈池龙的过错了。

陈池龙仗越打越勇，要是一天没仗打，他简直就像要疯了一样，浑身都觉得烦躁不安，非常不适。他求战心切，天天盼着有仗打，盼着能听到冲锋的号声。周映丁在分析陈池龙那种求战心切的深层原因时说："你呀，你的整个心思就是想跟王世吾干上一仗，你瞒不过我。"

陈池龙也不否认，说："那龟孙王八蛋，我早晚要把他给收拾了！"

周映丁立即批评说："又犯世界观毛病了，你的这个老毛病一定得好好改改。"

周映丁说归说，但从心里仍然觉得陈池龙不愧为一名优秀的红军战士。这年年底，部队又发展了一批新党员，在这批新党员里，也有陈池龙。陈池龙对入党入不入党一点儿也不当回事，入党到底要干什么他更是搞不清楚，心想：战士的天职不就是打仗吗？还入那个党干什么？

事实上，在陈池龙入党这个问题上，部队支部内也有争论。一些同志认为陈池龙固然作战勇敢，但就是老违反纪律，离一个共产党员的标准还有一定的差距；另一些同志却认为陈池龙虽然经常违反纪律，却也不是什么原则性的大毛病，特别是像陈池龙这种人，你总不可能一下子就要求让他变得怎么样了，得有一个漫长的改进的过程。

　　入党后不久，陈池龙又被任命为二连三排排长。

2

　　陈池龙始终也弄不明白，他跟九红仅仅在结婚的那个晚上同住了一宿，自此后就没有再动过九红，九红怎么可能那么容易就怀上了他的孩子呢？这个问题着实让陈池龙想了好一阵子，要不是战事紧张，他一定会一头扎在那个问题上，九头牛也拉不回头。在那个处处闻得到硝烟火药味的游击区战场上，陈池龙的脑袋里整日里装的、想的除了打仗还是打仗，他几乎完全把九红给忘了。

　　而九红在产期临近的几个月里，她确实非常想念陈池龙，并盼望陈池龙能够守候在自己的身边，陪自己说几句舒心的话——她太需要陈池龙的关心和爱护了。

　　九红知道自己做了一件非常对不起陈池龙的事，可那并不是她的错。后来，她看陈池龙把那件事看得相当重，而且是一件不可饶恕的罪过时，她就沉默了。她只知道干活，陈家所有的家务活，她一个人都包了。她一个人在心里品尝着自己生吞下的苦果，直到有一天她发现自己已经怀上孩子，而且这个孩子确切无误就是陈池龙的骨血时，她激动地哭了。

事情到了这个份儿上，她觉得自己对于陈池龙除了付出，已经没有任何的企求可言了。她不在乎陈池龙怎样看待自己，不在乎回报，不在乎任何结果，只要认认真真地付出，只要全心全意地付出，她就足够了。肚子里的孩子已经构成了她生命的全部内容。

陈池龙离开家里上山参加红军游击队时，她并不知道。她只知道丈夫出远门走了，只知道丈夫的离去跟她有着直接的关系，其余的事她一概不知。因此，当产期一天天地临近，她的身体犹如发酵的面团在一天天涨大时，她虽然已经不敢奢望陈池龙能够牵挂着自己或者回来看她，但到了这种时候，要让她不想陈池龙那是假的。

陈池龙毕竟是她肚子里的孩子的父亲，即使在陈池龙的心中早已经没有了她这个妻子，但孩子是陈池龙的至亲骨血，这一点是跑不掉的。九红一边挺着大肚子为就要出生的孩子缝制着衣服，一边在心里盼望着这时候陈池龙能从天而降，意外出现在自己的身边。九红几乎每天都在做着同样的一个梦，然而每一天又不得不面对希望落空的无情现实给她带来的沉重打击和身心的折磨。

九红的这种心情自然被九红的姑妈、陈池龙的母亲李氏看出来了。姑妈除了表示同情外，实际上也没有什么更好的办法。她所要做的事就是平时尽量多陪九红说说话，以减少九红内心的痛苦和寂寞。这也算是没有办法的办法，九红对此感激不尽。她从姑妈的话语中感受到姑妈与自己一样的无奈以及对自己的怜爱和体贴，光这些，她就很知足了。

年底，九红生了一个女儿，取名陈小小。

对此，已经做了父亲的陈池龙却一无所知。

要说陈池龙一点儿也没有想起九红那也是不现实的。结婚那晚发生的事情已经永远地给陈池龙留下了痛苦和难堪的回忆。他在为那件事耿耿于怀，时刻挂在心上。他当然永远不可能忘掉那件事，就像九红永远不可能忘掉王世吾曾经给她带来的耻辱和伤害一样。每当在战斗的空闲，陈池龙对那件事的在乎程度就更加强烈。他会因想起那件事变得心情异常的暴躁和不安，恨不得跟谁痛痛快快地干上一架，要不就埋头喝酒，不喝醉不罢休。

陈池龙的酒量并不好，一喝就喝个酩酊大醉，一醉就没法儿管住自己，什么话都敢讲，什么事都敢做。那天部队派陈池龙下山办事，陈池龙便趁机在老乡家里弄了些酒菜带到了山上，一个人大喝起来。一边喝一边还在想九红的事，越想心里就越来气，越来气就越大碗大碗喝酒。

陈池龙觉得自己活得太窝囊了，好好地娶来一个妻子，却是吃了人家的残羹剩饭。这一点让他死也想不通。他不在乎老婆长得如何，却非常在乎她的童贞。失去了童贞，一切也就无从谈起。

陈池龙非常清楚，他和九红之间，已经不可能再有任何事情发生了。他和九红之间的婚姻关系已经只剩下一层纸了，早晚都要挑明、要解除的，说白了不过是时间问题。当然，那样一来不管对自己、对九红，抑或对双方家庭来说，都是一件极其尴尬的事，但陈池龙已经顾不得那么多了。九红的失贞就像是卡在他喉咙里的一块鱼骨，他要么忍辱负重把它吞下去，要么把他噎死。他已经别无选择。

陈池龙恰恰就是在这个时候意外收到了母亲李氏托人带来的口信，并得知九红已经为他生了一个女儿。母亲李氏当然希望儿子能回家一趟，以恪守做丈夫和父亲的责任。陈池龙在接到口信的时候，甚至突然开始怀疑刚出生的孩子是土匪王世吾的种，那正是他所仇视的和最不愿意看到的难堪结局。

陈池龙的心情又一次受到了重创，他感伤到了极点。他昏天黑地不顾一切地喝酒，一边喝酒一边又哭又闹。他一反常态的行为让排里的战士莫名其妙却又束手无策，终于有一个班长把这事向连长做了汇报。连长多少知道一点儿陈池龙的性格，以为他是没仗打在闹情绪，但赶到排里一看似乎又不是那么回事，劝也劝不住，索性就把这事告诉给了营里。一级告一级，最后闹到了支队长周映丁那里。

周映丁一听，骂道："岂有此理！这是部队，又不是地方老百姓，又是喝酒又是哭哭闹闹，还成什么体统？"便立马赶到三排要拿陈池龙问罪。

周映丁去的时候，陈池龙还在闹着，又是酒劲儿正上的时候，眼睛里哪里还有什么周映丁，周映丁再说些什么，他硬是一句也听不进去。周映丁火了，让人把酒碗、酒坛给砸了，并强行把陈池龙关进一间被当地老百姓废弃的羊舍里，又在门外落了一把锁，下命令说谁也不许开门，等明天陈池龙酒醒了，自个儿带一份检讨到支队找他。

陈池龙到第二天下午才醒过酒来，他立即闻到了一股羊臊味。直到这时，他还不知道自己到底因为什么被关在羊舍里，便拼命地敲门板，大声喊是哪个浑蛋搞的鬼，把他关进羊舍里来了。

部队的战士们其实就在附近，听到陈池龙把门板擂得山响，就过来替他开了锁。陈池龙气不打一处来，揪住开门的战士大骂浑蛋，质问为什么要把他关进羊舍里。开门的战士不敢撒谎，说他喝多了闯下祸了，是支队长下令把他关进羊舍里的。陈池龙愣了愣，这才隐隐约约想起些什么，知道自己真的闯下祸了，心里顿时懊悔不已。他知道这一切都是缘于母亲的那个口信，一想起那件事，他就满腔怒火，内心充满了耻辱。

陈池龙表面上不敢违抗周映丁的命令，他带着非常不情愿的心情写了一份检讨书去见周映丁。由于在思想上还没有对自己的错误行为有足够的认识，陈池龙的这份检讨书写得一点儿也不深刻，甚至说根本就不像是什么检讨书。陈池龙只是简单地从客观上找了一些原因，说他这段时间情绪不稳定，想打仗又没的打，使他变得心情极其暴躁，没想酒喝着喝着就喝醉了，闹出了一些事情来。他在检讨书里一点儿也不提关于母亲托人捎的口信和九红生了一个女孩儿的事。周映丁看过检讨后说："陈池龙，照你这样说，你好像一点儿责任也没有了？"

陈池龙说："可以这样讲嘛！"

陈池龙的拒不承认错误让周映丁大动肝火，他骂道："陈池龙你胡说！难道就单单因为没仗打就把你急成那个样子，非得大碗大碗喝酒，闹事了？你骗不过我。要我讲，一定还是那件事在你的头脑里作怪。"

陈池龙说："既然你什么都知道了，为什么还要来问我？"

周映丁说："我是这样猜的，没想就给猜对了。"

周映丁的话又一次触痛了陈池龙心头那道愤怒和耻辱的伤疤，那也正是陈池龙身上最敏感的一根神经。他不得不沮丧地向周映丁承认自己当然还在为那件事痛苦和愤怒。

在这个世界上，今生今世，他恐怕再也找不到比那件事更让他愤怒和耻辱的了，他不可能容忍一个失去童贞的女人跟自己生活一辈子。陈池龙并且非常痛苦地告诉周映丁说九红已经生下了一个女儿，但女孩儿身上流淌的难说就是他陈池龙的血脉，而不是那个土匪的，那是多么荒唐和让他难堪的一件事。作为一个男人，他即使想对那件事表现出极高的姿态和极其良好的修养，但残酷的现实时时刻刻在提醒他、折磨他，使他不可能彻底忘掉那件事。

陈池龙像是一只受了伤的公狮，在轻轻地舔吻着自己受伤的身体。他说得很伤感很伤感，这是他参加红军游击队以来，第一次跟周映丁说了那么多的心里话，他第一次把自己的内心世界暴露得那样彻底和充分。他说他知道自己的想法和自己的所作所为与一个红军游击队员，特别是一个共产党员的要求相去甚远，甚至是那样的格格不入，但他已没法儿控制自己了：他要是不把它们说出来，他就有可能犯更大、更致命的错误。

陈池龙的真情流露并不能打动周映丁。对陈池龙的所作所为，周映丁提出了非常严厉的批评，并警告陈池龙，他的一些想法非常怪诞。一个红军游击队员，特别是一个共产党员怎么可以对一个女人的贞操问题耿耿于怀？那不是一个革命者的思想境界，陈池龙是在往一个非常可怕的深渊滑去，他无论如何也要挽救他。

周映丁让陈池龙继续回去关禁闭，并决定让全支队的同志共同来帮助陈池龙。

短短几天时间，在那个小小的羊舍里，支队领导从大到小，几乎个个都找陈池龙谈过话，帮助他认真树立正确的世界观和人生观。大家都觉得陈池龙的那些想法很危险，不配做一个红军游击队员，特别是不配做一个共产党员。

对大家轰炸式的轮番批评，陈池龙心里很不服气，虽然按照组织原则，他已经不知多少次在党内会上做了自我批评，并表示要彻底改正自己的思想，但从心里，他怎么也想不通。共产党员难道就不要贞操啦？共产党员就应该心甘情愿当王八了？那是怎样荒唐的理论！这一点，陈池龙就是到死也想不通。

在领导面前，陈池龙还能保持克制，但领导一走，他就再也控制不住自己了，破口骂道：什么狗屁人生观、世界观，老婆让人家睡了，还跟人家交朋友，人生观、世界观就端正了？那是王八蛋！那不是真正的共产党员。他骂那些人太虚伪了，明明心里不是那样想的，却偏偏要那样说。陈池龙骂得声音很大，排里的战士们都替他紧张着急，劝他小点儿声，要是让部队领导听到了可了不得！陈池龙发脾气说："偷偷摸摸的事情我干不来。我就最讨厌那些言行不一致的小人！"

3

周映丁终于下命令将陈池龙关禁闭的那间羊舍的门锁撤了下来，但有一个前提，陈池龙还得住在那儿写检讨，什么时候想通了，什么时候才能离开那间羊舍。

就在陈池龙被部队领导的轮番批评和周映丁的决定搞得大为恼火的时候，部队派三名战士下山执行任务，在半路上遭到了王世吾匪帮的袭击。

王世吾是一个相当精明的匪首。他当初归隐山林当土匪纯粹是出于自己干的坏事太多、民愤太大，在村里已经站不住脚的缘故。后来则发现当前天下大乱，英雄四起，有枪就是草头王，管他什么共产党、国民党，不如占山为王，自己轰轰烈烈大干一场。于是他拼命招募匪徒，扩充实力，短短几个月时间，匪部已扩展到五十余人，有长、短枪三十支，大砍刀二十来把。王世吾并且着手对匪部进行了首次整编，自任司令，下设三个中队，中队长全部由王世吾的几个亲信担任。

王世吾因为不属于任何派别，平时作恶乡里也就随心所欲无所顾忌，无所谓什么共产党、国民党。只要他认定能够吃掉对方，他就敢下手。

三月的一天，王世吾接到坐探的报告，说是红军游击队有几个战士下山买药，晌午时会回到山上，而回山的必经之路刚好就在王世吾匪部所在的山头附近。这个消息对王世吾来说，实在是太普通了，普通到就像家里养的老母鸡下了一个蛋一样。因为这类事情是经常发生的。王世吾本来是不打算去理会的，也不知道出于什么心理，这回他突然认真了起来。他让一中队长刘光耀带领一队人前往伏击，并郑重交代，务必做得干净利落。

红军游击队的三名战士在毫无思想准备的情况下遭到了袭击，三名战士当场壮烈牺牲，所有药品均被王世吾的匪帮所劫掠。

下山采购药物的三名战士遭到伏击的消息很快传到了山上。首先被这件事激怒的人是陈池龙，他也顾不得什么禁闭不禁闭了，气得当下就带领自己排里的战士直奔被王世吾占据的山头，下决心要把王世吾的匪窝端掉。

陈池龙自认这次行动不带任何个人色彩。他相信，换成别人，听到这个消息后，也会跟他一样去做的。排里的战士担心陈池龙太莽撞又要犯错误，就劝他慎重行事，等待部队领导下命令，陈池龙却大怒起来，他冲着那名战士吼道："到底你是排长还是我是排长？是我领导你还是你领导我？我老实告诉你，我的排长还没被撤掉呢！"

陈池龙粗声大嗓，声音震得羊舍棚顶的灰尘像雪花般纷纷散落下来。那个战士吓坏了，想不到自己的一句话会使陈池龙发那样大的脾气，吓得站在一边连连向陈池龙赔不是。陈池龙并不打算理睬他，悄悄带部队出发了。

那天下午，陈池龙和他率领的三排简直就像一群饿虎，直扑王世吾匪部而去，王匪部被打得落花流水，仓皇逃窜。被劫走的药物也悉数追回，还缴获长、短枪五支，小口径土炮一门和一些粮食。唯一让陈池龙失望的是，这场战斗，他没能亲手捉到王世吾，他想不出王世吾会跑到哪儿去。但很快，陈池龙就接到消息，王世吾在伏击三名游击队战士成功后，就已悄悄溜回梅岭村家里跟老婆过夜去了。陈池龙火从心起，索性一不做，二不休，率排里战士又向梅岭村扑去。在梅岭村，陈池龙这些日子来所有的委屈以及所有的旧仇宿怨就像火山一样喷发而出。

向来霸气十足的王世吾一看游击队这种阵势，哪里还敢招架，慌忙一个人翻墙逃往山里去了,留下老婆马素芬和女儿王梅成了陈池龙的俘虏。

陈池龙怎么也没想到王世吾会有一个貌若天仙的十八岁的女儿——王梅。在见到王梅的那一刻,陈池龙首先想到的就是他必须报复一下王世吾。他为自己的想法感到震惊,他想不出自己怎么会往那方面去想。

陈池龙把马素芬母女带到了山上,把她们关进了支队领导曾经关他禁闭的羊舍里。马素芬和王梅非常明白自己的处境,她们表现出极度的恐慌,并在恐慌中等待着所有灾难的降临。

陈池龙告诉马素芬和王梅,在他满心欢喜准备迎娶娇妻的时候,王世吾却对他的女人进行了一次让他一辈子也无法从记忆中抹掉的侮辱,那是他永远无法原谅的。他曾经甚至想过许多实施报复的办法,包括在王家府院门口被王太太碰到的那一次,却都没有成功。想不到现在机会终于来了,这是上苍的安排。

听陈池龙这样说,马素芬和王梅更是吓得浑身直打哆嗦。面对丈夫和父亲的仇人,她们明白眼前的陈池龙什么事都会做得出来。马素芬边哭边求着陈池龙说:"我丈夫欠你的账你不应该记在我们的身上,那样就太不公平了。"又说,"如果你实在要拿一个人出气的话,就冲我一个人来吧。你放过我女儿吧,我求求你了。"

陈池龙注意到,眼前的马素芬的确哭得很让人不忍,他的心有点儿软了下来。说实在话,在他的心中,他对马素芬的印象还是不错的。他想起上次去王家被王世吾痛打一顿,后来多亏马素芬在一边替自己开脱的情形。虽然他也清楚眼前的两个女人一点儿错也没有,所有的错都是王世吾一个人的,但他不可能因此将她们给放走了,那样就太让王世吾捡了便宜。

陈池龙毕竟和王世吾不一样,他毕竟是红军的一名排长。红军游击队里铁的纪律不可能允许他像王世吾一样想干什么就干什么,这一点在他心里是再清楚不过的了。陈池龙打算把这件事向组织上汇报，并取得组织上的理解和支持，从而休掉九红，明媒正娶王梅。他的这个决定纯粹是出于对王世吾的报复，他不可能对王梅一见钟情。

陈池龙并不知道自己的想法是怎样的荒唐可笑。支队领导怎么可能去支持他干这种事呢？支队领导周映丁对这件事非常恼火。如果说过去周映丁对陈池龙的种种错误作为多少给予容忍、迁就和理解的话，这回作为支队领导的他已经再也无法容忍陈池龙接二连三的寻衅闹事了。他下命令立即放了马素芬和王梅，并对陈池龙的行为大加指责。他严厉批评陈池龙简直是在胡闹，没有一点儿组织纪律性，在没有得到上级领导任何命令的情况下，擅自带领部队讨伐王世吾。陈池龙的行为已经实在太出格、太离谱了。这还不算，他居然还要休掉自己的妻子，娶一个土匪的女儿做老婆。可见陈池龙的思想境界是怎样的低级趣味，他的想法已经可怕到让人吃惊的地步。周映丁进一步告诉陈池龙，既然把女人看得比阶级立场还重要，那他就完全不配当一个红军战士，他就将被从红军队伍里清除出去。陈池龙已经自己把自己给毁了。

周映丁越说越激动，连平时从来不骂出口的粗话、脏话都骂出来了。但对陈池龙，骂得再严厉也是白骂。在有关女人的问题上，他已经变得不可救药。他从来就把它看得比任何事情都重要，好像没了女人，他就没法儿活了。面对周映丁的指责，陈池龙只觉得心里非常委屈，他甚至固执地认为自己的想法一点儿也没有错。当然，从这件事中，陈池龙也意识到自己犯了一个不小的错误，特别是在革命战争形势如此严峻危急的关头，他不该把个人的事看得那样重，他实在是给部队招来了不少的麻烦。

但不管怎么说，从这件事上，陈池龙终于也悟出了一个道理。他在想，不管将来他要娶什么样的人当妻子，但前提是他必须先休掉九红，否则，一切都将成为一句空话。

第二章

1

　　其实，陈池龙发现九红失贞已经是在他和九红成亲以后的事了。

　　陈池龙和九红的这桩婚事实际上在五年前，也就是一九三二年就已经定了下来。那时，陈池龙才满十七岁，九红则才刚刚过了十五岁的生日，是个含苞待放的少女。九红是陈池龙母亲李氏娘家侄女，按照辈分，九红应该称陈池龙母亲李氏为姑妈，称陈池龙为表哥。

　　陈池龙母亲李氏的娘家人、九红所在的乡村梅岭村和陈池龙所在的龙潭村实际上距离并不远，中间只相隔两个自然村。

　　一九三二年是一个很有政治意义的年份。年轻的工农红军已经入闽，并相继在闽西、闽中等地建立了红色根据地。整个闽中地区都有红军游击队在活动，革命形势非常高涨。十七岁的陈池龙对这一切当然一无所知，他毕竟还是一个孩子。更何况，由于当时革命斗争环境相当恶劣，所有的革命活动都是在极其秘密中进行的。人们普遍担心的是剥削和贫困，地亩捐、公路捐、盐税捐、筹饷、筹枪等多如牛毛。再一个就是南北混战，匪乱频繁，抓夫、清乡、剿匪、攻城等一切负担，都要加在老百姓的身上，使得老百姓怨声载道，苦不堪言。

尽管已经到了灾难深重、国破家亡的紧要关头，已经麻木了的老百姓却依然无动于衷，没有一丝一毫的危机感和紧迫感。十七岁的陈池龙那时已经跟当木匠的父亲陈觉苍学上了木匠手艺。手艺人陈觉苍虽然对红军游击队在闽中的活动时有所闻，但一生务实安分的他更关心的是如何挣钱、如何养家糊口，还有就是教给自己的儿子一个将来能够立身处世的本领。因此，陈池龙在念过几年私塾后，陈觉苍就让他跟自己学了木匠手艺。在他看来，给儿子万贯家财，不如教会儿子一个手艺，手艺可以使儿子一生受益无穷。

在一九三二年夏天的这一天，十七岁的陈池龙跟随父亲陈觉苍到离村几里地外的梅岭村，帮九红家打家具。陈觉苍的木匠活工艺精湛，远近驰名，九红的母亲请陈觉苍到家里打家具是很自然的事。况且，他们中间又有那么一层亲戚关系。

九红的父亲在几年前就已经撒手归西了，九红家里这次打家具的目的是为了给九红的哥哥准备婚事。陈觉苍他们到九红家里的时候，一家人才刚刚吃过早饭，看见陈觉苍父子挑着木工家什进门来，都热情地上前打着招呼。

尽管两家是亲戚，平时却少有来往。陈池龙还在很小的时候曾经随母亲李氏来过一次李家，以后就再也没有来过了。陈池龙觉得奇怪，他怎么会对过去的事一点儿也记不起来了，特别是对这位表妹九红，他怎么会连一点儿印象也没有。

九红的母亲则误以为陈池龙是陈觉苍收下的一个什么徒弟，在招呼陈觉苍喝水的时候，又招呼着陈池龙，称陈池龙为小徒弟。陈觉苍忙说陈池龙是他的儿子。九红的母亲知道自己弄错了，臊得脸像一张红纸，说："天哪！都长这么大了，那年跟他母亲来的时候才这么一丁点儿大，现在都长成大人了！"又说，"这亲戚呀，常来常往才叫亲，没来没去的，就生分了！这不，要是在路上碰见，谁还敢认呀？弄不好，还要打起架来了！"

陈觉苍说："那是！那是！"

十七岁的陈池龙身材高大，发育的骨骼粗壮而结实，嘴唇上已经长满一层细密、毛茸茸的胡须。九红的母亲看着汗水涔涔的陈池龙，一丝怜爱涌上心头。她说："去洗把脸吧，看把你累的！"又冲九红说，"九红，带你表哥去洗洗脸。"

九红应了一声，把陈池龙带到水井边，从井里给陈池龙吊上一桶水，看着陈池龙把一整个脸都埋在了水桶里，像在扎猛子，觉得很有意思。她在一边说："这种洗法呀，不觉得气憋吗？"

陈池龙在水里含含糊糊地应着："不会。"

九红又说："你会游泳吗？"

陈池龙的脸已经从水桶里抬起来，他用毛巾擦着脸说："游泳谁不会呀？当然会！"陈池龙觉得这个从没见过面的表妹太小看他了。

陈觉苍父子在九红家里前前后后一共待了近二十天时间，把九红的哥哥准备结婚用的所有家具都给打好了。九红的母亲非常满意，她惊讶那些歪歪扭扭的木头疙瘩经陈家父子三刨两刨的，就变成了一件件精美绝伦的家具。

除去家具，九红母亲更看重的还是陈池龙。她看出那个十七岁的男孩儿绝对是一个实实在在的好孩子。她很少听他说过什么话，他只知道埋头干活。有时，九红的母亲会有意找他说说话，而陈池龙又非说不可了，他顶多只是咧嘴浅浅一笑，或者说，是的、好的、是吗等。回答的话都很简短，多一个字也不愿讲，好像说多了就要让人骂他不礼貌似的。

九红家门前有一块菜地，从春天到冬天，菜地一直绿着，栽着各种时令的菜蔬。那菜地主要是由九红负责打理的，一到傍晚，九红便要从水井里吊几桶水往菜地里浇菜。陈池龙来了后，九红在浇菜时，他差不多也已经到了收工的时间。陈池龙就跑过去帮九红提水，一桶又一桶的。他提水，九红浇着，两个人配合得很默契。九红的母亲看在眼里，心里就有一种说不出的感受。心里想，要是将来九红能嫁给这样的男人，九红也就不会吃亏了。

接下去的日子里，陈池龙在九红母亲的眼里越看就越觉得顺眼，她几乎就像待自己的亲生儿子一样待着陈池龙。陈觉苍一点儿也没有觉察到九红母亲的这种感情变化，他对九红母亲的心事毫无知觉。难怪几天后陈觉苍父子收拾家什要离开九红家的那个晚上，当九红的母亲非常慎重地向陈觉苍提起这桩亲事时，陈觉苍竟连一点儿思想准备也没有。他觉得这件事确实来得太突然了。

陈觉苍是个忙碌却本分的男人，平时他不可能有心思去考虑儿子将来的婚姻大事。现在，既然九红母亲已经把这个问题提出来了，他并不觉得有什么不好。相反，通过这些日子的相处，九红的勤劳贤淑已经给他留下了极其深刻的印象。陈觉苍当然没有理由去反对这门亲事，两个大人就在不经意中把两个孩子的终身大事定了下来。

十五岁的九红与十七岁的陈池龙对比起来，九红显得更为早熟。一个女孩子所应有的生理特征已经在她的身上得到了充分的展示。正因如此，不管是她或者是陈池龙，都不可能糊涂到对两个大人的决定无动于衷。

在这之前，十七岁的陈池龙最关心的事就是如何把父亲陈觉苍的一手好本事学到手，根本就不可能有多余的心思去想象自己的未来和自己将来究竟要找一个什么样的女人做妻子。考虑那种事对他来说似乎还为时过早。九红也毕竟是一个才十五岁的女孩子，她同样不可能对很久以后才要去做的事想入非非。两个大人的决定无疑把他们这方面的情感提前给调动了起来，却没有留给他们任何选择的余地。好在他们经过这段时间的接触，彼此都印象不错，也就不认为两个大人是在替他们做一件什么坏事了。除了在心里暗自高兴外，更多的则是少男少女被人初次提起婚事的那种特有的羞臊和难为情。

陈池龙第二次见到九红是在第二年的秋天。陈池龙这次和九红见面，是因他来参加九红哥哥的婚礼。细心的陈池龙注意到，时隔一年，九红像是变了一个人，变得更加成熟、更加丰满、更加玲珑剔透了。她给陈池龙的感觉就是一只美丽可爱的小天鹅。已经十八岁的他就在心里想着，那只小天鹅迟早是属于他的，他要吃掉她！他为自己即将拥有那只可爱的小天鹅激动得心潮澎湃。

自那次过后，直至陈池龙满二十岁和九红成亲的那几年时间里，陈池龙就一直没再见过九红。尽管他们的关系已经明白无误地被确定了下来，但依照农村的婚俗习惯，无论陈池龙如何精明、如何想见九红，都无法找到要见她一面的任何借口。陈池龙只好把对九红的思念之情深深地埋藏在心底。那只迟早要属于他的美丽小天鹅成了他的唯一牵挂，一种他非常急切想吃掉她，却依然没法儿吃到所给他带来的悬念和痛苦。

2

陈池龙想不到九红已经失贞了。

陈池龙和九红新婚的这天晚上，当前来参加婚礼的客人才刚刚散尽，老于世故的陈觉苍把一方洁白的羊肚汗巾交给了儿子。那时儿子正要闭门吹灯，正迫不及待地要把那只美丽的小天鹅一口吞了。当父亲把那方汗巾交给儿子时，一句话也没有说，他只给了儿子一个意味深长的眼神。他不愿意把那句话说出来实在有他的道理。第一，儿子已经长大成人了，如果儿子不痴不傻，一个眼神就足够了，他完全可以领会自己眼神的全部含义。第二，那种事确实只可意会不可言传，讲出来就显得太无聊、太下流了。特别是从一个父亲的角度，说出那种话就更不合适了。陈觉苍当然更不可能向儿子说出当年他爷爷就是给了自己同样一方白布，让自己和他的母亲度过了那个销魂荡魄的一夜。

陈池龙毕竟是个聪明人，他完全理解了父亲的苦衷。他像是在接受一个光荣而又艰巨的任务一样，把父亲给他的白色羊肚汗巾接了过来，极其认真地把它铺展在新娘九红的身下。陈池龙实在是等急了，他急切盼望那极其炫目的一刻的到来。欲火如焚的陈池龙几乎三下五除二，就把那只他早已垂涎三尺的美丽小天鹅给生吞活剥了。之后，陈池龙便发现了那个后来让他沮丧了一辈子、痛恨了一辈子、伤心了一辈子的事实。在九红的身上，陈池龙无论如何也找不到一个没有失贞的女人所必须具备的鲜红标志，那个让他为之炫目，让他的整个身心为之战栗、为之歌、为之狂的时刻并没有到来。

实际上，在那之前，陈池龙没有过任何性经验可言，他纯粹是一个地地道道的童男子。但毕竟没有吃过猪肉，也看过猪走，也听过同村男人在谈论关于吃猪肉的事。像初夜见红那类的话题，他在同村男人那里已经无数次听到。同村男人把初夜见红描绘得玄妙得无法再玄妙，他们把初夜见红当成了男人这一辈子追求女人的终极目标和最高境界。陈池龙于是心驰神往了，他要循着那片诱人的红光奔去。别的男人很在乎、很看重的事，他同样放在心上。但问题是，陈池龙并没有看到那片诱人的红光，他就像是在店铺里买到了假货，他冲九红怒目而视，那目光简直要把九红给杀了！

　　九红肯定是被他给吓蒙了，很长时间她都没做出任何反应，然而陈池龙不管那么多，他不依不饶，像刚出膛的炮弹一样的诘问一连串射向九红。他要她无论如何都要对这件事做出解释，那种逼迫就连陈池龙自己也觉得有点儿过分。

　　在陈池龙一阵近乎疯狂的轰炸下，九红完全崩溃了。她满脸羞色，无地自容。陈池龙的诘问重新唤起了埋藏在她心底的羞辱和痛苦。九红并不想欺骗陈池龙，她平静地告诉陈池龙自己确实已经失贞了。她的贞洁之身早在半年前一次上山砍柴的路上，就被村里一个恶少霸占了。

　　九红告诉陈池龙，在她的家乡梅岭村，有一个恶少叫王世吾，大凡本村的未婚女人，谁都无法逃过他的魔掌。他甚至公开扬言，村里所有的女人必须让他享受她们的第一夜。她还告诉陈池龙，当她被王世吾强奸后，她曾经几次产生过想走绝路的念头，可几次都被她母亲发现了。母亲以死相要挟，所有的轻生念头都在母亲肝肠欲断的哭声中化为泡影。

　　九红告诉陈池龙这一切，只不过想表明她在这件事中是一个无辜的受害者。然而陈池龙却不这么认为。在陈池龙看来，九红事实上跟那些从窑子里赎出来的婊子没有什么两样。陈池龙万念俱灰。他在婚前对九红所有的美好印象都因此被无情的现实击得支离破碎，留给他的只有痛苦的回忆和一个男人的自尊被伤害得无比恼怒。陈池龙似乎没有更多的犹豫，他轻轻一推，就把九红从自己的怀里厌恶地推了出去。陈池龙大发雷霆："你为什么不去死呢？你应该去死！"

　　九红号啕大哭起来，她恨不得跑出去大喊自己的无辜和冤枉，可是她没有那样做。她知道，事已至此，一切叫屈和解释都是徒劳的。

　　陈池龙的新婚之夜除了伤心和屈辱，没有任何快乐可言。新婚之夜发生的事情使他一夜之间变得非常的世故和成熟。在接下去很长的日子里，陈池龙几乎整日萎靡不振，打不起精神来，他内心对九红的懊丧和厌恶已经到了极点。在他眼里，九红简直就是一个荡妇、淫妇！而且九红实在是太无耻了，对他隐瞒了事情的真相。他实在无法容忍一个已经失去童贞的女人跟自己生活一辈子。

为了不让母亲伤心，陈池龙表面上装作好像什么事也没发生，但实际上，自新婚之夜过后，他就在房间里睡地板，再也不愿跟九红睡在一个床上。

陈觉苍最早发现了这对新人的异常表现。在吃早饭时，他发现陈池龙脸色铁青，一言不发，可以看出他在尽力克制着内心的愤怒和悲哀；九红则脸色苍白而伤感，一副楚楚可怜的样子，一双眼睛肿得有点儿过分。从头到尾，他们始终没有说过一句话，甚至都不敢抬眼正视父母一眼。陈池龙的母亲李氏虽然也看出儿子、儿媳的表现有点儿不可思议，但她并没有往深里去想，更没有考虑到那背后所潜藏的一场巨大危机。

与李氏不同，从儿子、儿媳的表情上，陈觉苍已经意识到了问题的严重性。陈池龙离席后，陈觉苍马上撂下碗筷，随陈池龙进了房间。陈觉苍一连问儿子到底发生了什么事，陈池龙双唇紧闭，牙齿咬得"咯咯"乱响，他并不打算把那件让他耻辱不堪的事情说出来。陈觉苍不肯罢休，坚决要儿子给他一个满意的答复。

陈池龙终于拗不过父亲，转身把那块塞在枕头底下的羊肚毛巾气势汹汹地扔给了父亲。陈觉苍一看到它，就什么都明白了。他几乎不待儿子把事情的过程陈述一遍，就窝着一肚子火打算找李氏发去。

事情已经到了这一步，陈觉苍觉得唯一可以发火的对象就只有李氏了。虽然说这桩婚事当初他自己多少也做了一些主张，但在陈家，李氏却是九红唯一的娘家人。这火不找她发还找谁发去？陈觉苍甚至已经想好要跟李氏把话挑明，他决定让陈池龙休了九红，把九红赶回娘家。在陈觉苍看来，儿子娶了一个被人强暴的媳妇，那跟娶了一个操皮肉生意的女人几乎没什么两样。

李氏被陈觉苍的话吓了一跳，眼泪"吧嗒吧嗒"也跟着下来了。她哭着苦苦哀求陈觉苍，她说她相信自己的娘家侄女是无辜的，她希望陈觉苍不要把事情看得那样严重，更不要对她以及对九红过分严厉的指责，而应该给九红一个解释的机会，多听听她的话。就算是九红一时做错了什么事，也要给她一个改正和重新做人的机会，而不是做得那样绝，要把人家赶回去。陈家娶的毕竟是一个媳妇，而不是向人家借一样东西，说还就随随便便还给人家了，那样叫人家还如何做人？更何况，这种事传出去，无论对谁都不是一件光彩的事。

李氏的那些话，陈觉苍当然一句也听不进去，他越听心里越烦，越听越失去耐性，让一个已经失去贞操的女人成为他家的儿媳妇，无论如何，从感情上、面子上他都无法接受。陈觉苍最后的表态是，这事由儿子自己去定，儿子要是愿意留下九红，他当然没有理由反对。

李氏的眼泪没法儿感动陈觉苍，却感动了儿子。在儿子面前，李氏哭得很伤心。她说如果真的把九红休掉，那她只好不想活了，那样她还有什么脸面活在这个世界上，接着就一个劲儿地哭，哭得陈池龙泪也下来了。陈池龙是一个大孝子，不忍心看到母亲为自己的事痛不欲生。他劝母亲不要太伤心，说听她的话就是了。

母亲破涕为笑。她反过来劝慰儿子不要太为这件事情而难过，作为母亲，她不可能故意设下陷阱来坑害自己的儿子，他相信她的话不会有错。她说九红本身也是一个受害者，如果不是那种情况，就是儿子自己不提出来，做母亲的也会动员儿子休了这样不要脸的媳妇。她还答应儿子，她一定会把九红调教成一个非常贤惠本分的好媳妇。

陈池龙在口头上虽然已经答应了母亲，但从内心来说，仍然无法接受这个铁一般的事实。他就像是吞进了一只苍蝇，恶心得想吐出来，尤其是当他一个人面对九红的时候。他发现，他越是对九红厌恶和冷淡，越是勾起了他对这出不幸婚姻的制造者王世吾的极端仇视和愤怒。他终于稀里糊涂地觉得自己应该勇敢地去做些什么。新婚之夜，当他听九红跟他提起王世吾把她强暴了时，没办法形容他当时的愤怒，他的第一个冲动就是要一刀宰了王世吾那个浑蛋。他实在无法容忍王世吾把残羹剩饭留给自己，他要的是一个完完整整的、没有一点儿瑕疵的九红。

3

两天之后，单枪匹马、手里攥着一把菜刀的陈池龙一个人找到了梅岭村。

那里既是九红的娘家，也是王世吾所在的村庄。陈池龙首先听到的是王世吾已经网罗一伙人隐入山林当土匪的消息。王世吾上山为匪是因为他无恶不作，在七乡八村已经臭名昭著，实在待不下去了。这个消息对陈池龙来说不啻为一个非常巨大的打击，就像是一只已经进入他的射程范围而又被逃掉的猎物一样，他既失望又懊恼。

几乎同时，陈池龙又得到一个消息说，王世吾归隐山林时，曾经打算把妻子马素芬和唯一的女儿王梅一起带走。马素芬毕竟是个良家妇女，多少心存良知；她认定王世吾做的是天怒人怨的缺德事，不愿意跟那种人同流合污。因此，不管王世吾如何动员说服，她也不愿随他去做压寨夫人。王世吾觉得像他干的那种勾当，如果身边拖着一个女人和一个孩子终归不便，也就随了妻子，自己带着一拨臭味相投的肝胆兄弟落草当了土匪。每到夜间悄悄潜回村里跟结发妻子拨云弄月，第二天一早又匆匆忙忙赶回山里去了。

如果说第一个消息多少使陈池龙心灰意冷的话，那么这第二个消息则让陈池龙心里重新燃起了要与王世吾一斗高低的熊熊烈焰。他想真是苍天没有负了他，复仇的机会来了！

其实，陈池龙的举动一开始就显得非常荒唐可笑。他实在过分低估了王世吾的实际能力，他甚至连想都没想到他究竟能不能打败王世吾。他只是凭着一股冲动、一股血气。

他并不知道在王世吾的眼里，他不过是一个乳臭未干的毛孩子，当然也就谈不上是王世吾的对手。当陈池龙出其不意地出现在王世吾的家门口的时候，王世吾最初的反应是碰到了一个打家劫舍的盗贼。陈池龙不是一个小人，他不想不宣而战，他不打算不明不白就教训了王世吾，他要让王世吾输得心服口服。

那时，天还没完全暗下来，基本上可以看清对方的面孔。王世吾恶狠狠地盯住眼前的陌生青年，他一点儿也不知道这个青年是为九红的事而来的。他警告陈池龙赶紧滚开，要是不滚，就别怪他不客气了。王世吾打算不理陈池龙，当王世吾正打算转身进门，陈池龙已经把他叫住了。陈池龙说有一件事先得说清楚，否则，晚上他休想从这里走开。王世吾怔了怔，冷冷地问是什么事。陈池龙说："是谁让你把九红给强暴了？"

被王世吾强暴过的女人不计其数，他怔了好一会儿，终于明白眼前这个陌生青年的来头。这种事情他不是没碰见过，但同时他又觉得这青年的话问得实在太可笑了。他又一次警告陈池龙，如果不赶紧走开，后悔就来不及了。偏偏陈池龙非常固执。陈池龙大声说，他不可能咽下这个奇耻大辱，他要彻底打败王世吾。

陈池龙的信誓旦旦，只让王世吾觉得自己碰到了一个脑袋瓜儿不清不楚的疯子。他并不想跟一个疯子纠缠不休，他只轻轻一拳挥过去，就把陈池龙打趴了下来。王世吾看着趴在地上的陈池龙，冷冷笑着问："还想打败我吗？"他让陈池龙先撒泡尿照照自己，然后再讲那种大话。

陈池龙挣扎着艰难地从地上站了起来，身子有点儿麻。突然，他表现得无比英勇，他说："有种你再打呀！再打呀！就算我今天放过你，以后我还是要把你收拾掉！"

这句话对王世吾来说，简直刺激太大了。陈池龙在他的眼里实在算不了什么，却口出狂言，如此藐视他，哪能不激起他的恼怒？中年男人王世吾气得一步蹿过去，恶狠狠地一把揪住陈池龙的衣襟，也不管三七二十一，当胸就给了陈池龙一拳，接着又连连一阵拳打脚踢，直到把陈池龙打倒在地，连爬都没能爬起来。要不是他妻子马素芬从屋里及时赶出来拦住，大怒之下的王世吾，难说就把陈池龙给打死了。

王世吾看着死狗一般躺在地上的陈池龙，仍然觉得不解恨，他说："现在还想收拾我吗？"

陈池龙说："只要我没死，这个仇我就非报不可！"

王世吾说："你可以继续嘴硬，但是你别把我逼急了。那时，你想后悔也来不及了！"

陈池龙说："我不后悔，有种你现在就可以把我打死。否则的话，迟早有一天，我要扒掉你的皮！"

这句话在王世吾听来觉得非常可笑，他得意地仰了仰头对马素芬说："你看他是不是一个疯子？就是一个疯子嘛！你说吧，怎么处置他？你让我杀了他，我就把他杀了，由你决定了。"

王世吾说着仰头大笑起来，笑得极其夸张，笑声响亮。马素芬对眼前的事当然心知肚明，她连想都不用想就知道王世吾又在外面闯了祸，欠了人家的风流债。但和往常一样，她对王世吾的所作所为仍然敢怒而不敢言。她幽怨地望了望王世吾一眼，她希望王世吾能够放过眼前这个可怜的年轻人。

王世吾自然明白马素芬的心思，他对马素芬说，刚才说要杀了陈池龙不过是在找乐趣，玩一种心情罢了。当然，也有另一种可能，只要马素芬的一句话，他就极有可能杀了陈池龙。那完全取决于他的心情。但问题是，马素芬并没有让他杀，而且这时他也确实没有要杀人的心情。这就让陈池龙躲过一次厄运，保住了小命。

王世吾不杀陈池龙还有一个非常重要的原因，那就是在王世吾的心中，陈池龙压根儿就成不了什么大气候，或者说对他构不成什么威胁。他几乎忽视了放掉陈池龙将给他带来的麻烦和严重性。他觉得跟这样一个微不足道的小人物再纠缠下去反而会失去自己的身份和风度。他就像是不顺心时随手挥起棍子打了路边的一条癞皮狗一样，根本就没太把这件事放在心上。他果然把陈池龙当作路边的一条死狗又厌恶地朝陈池龙踢了一脚。他再一次警告陈池龙赶紧从他的家门口滚走，滚得越远越好，千万不要再让他碰到，否则的话，狗命就难保了！

陈池龙伤心地眼看着王世吾像个胜利者一样要随妻子进入屋子，气得咬牙切齿。突然，他不顾一切再一次拦住了王世吾，他虽然已经被王世吾打得不成样，但他仍然表现得异常英勇和顽强。他勇敢地向王世吾宣告，此仇不报，誓不为人。早晚有一天，他一定要像扒狼皮一样，把王世吾身上的皮一寸不留地扒下来。陈池龙说这些话的目的主要是为了激起王世吾的愤怒，继续跟自己较量，一决生死，哪怕自己被打死也没有任何怨言。他最恨王世吾那种睡了人家的女人，又表现出趾高气扬、无法无天的男人。

陈池龙这回赤裸裸的挑衅，并没有激怒王世吾。相反，他显得很大度、很有修养。他微微笑了一下，弯下腰随手把陈池龙抱住自己小腿肚子的手轻轻掰开，就随马素芬进了屋子，又转过身随手把门关上。在王世吾的眼里，他已经彻底地把陈池龙当成了一个十足的疯子！陈池龙急了，攥起拳头拼命地在外面擂门，却再也不见王世吾的影子。

陈池龙突然悲哀地感到自己黔驴技穷，不是王世吾的对手。他想象不出用什么办法才能打败王世吾。一时间，他为自己在王世吾面前吃了败仗陷入了深深的痛苦和沮丧之中，这是他的耻辱。他曾经为自己设计了种种决定继续与王世吾决斗的可能性，但又都被自己推翻了。他终于清楚地认识到以自己目前的力量要想打败王世吾，实在是以卵击石，自取灭亡。经过深思熟虑，陈池龙决定暂时放弃继续跟王世吾决斗的愚蠢行为。那不是因为他害怕了、胆怯了，他选择暂时放弃，恰恰就是为了将来有朝一日能不费吹灰之力地打败王世吾，以报妻子被其强暴的奇耻大辱，正所谓"君子报仇，十年不晚"。

陈池龙决定暂时不对王世吾实施报复，并不能说明他已经原谅了九红。恰恰相反，他对九红的不满和责备愈发变本加厉。他把所有的责任都归咎到九红的身上。在他看来，九红失身于王世吾，其根本原因在于九红的过于软弱或者半推半就，否则的话，王世吾不可能轻易得逞。

陈池龙已经注定永远无法从那件事情的阴影里走出来了，他一次又一次用最恶毒的语言羞辱着九红，并下定决心从此不再跟九红睡在一张床上。因为在他看来，似乎只有如此才可以减轻这桩不幸婚姻给他带来的耻辱和愤怒。陈池龙这样做还有一个非常重要的原因，那就是他企图以此使九红忍无可忍，从而让九红对他彻底的失望甚至变成仇恨，再让九红自己向母亲李氏提出跟他分手，永远回到娘家梅岭村。

然而陈池龙的所有计划只能再一次证明他的一厢情愿。九红就像是一块湿乎乎的烂木头，他如何加温添火，也烧不出一丁点儿的火星来。

有时被他逼急了，九红会哀哀地说："你休了我吧！你为什么不休掉我？"

陈池龙于是气不打一处来，咆哮着说："你以为我不敢休掉你是不是？我当然要休掉你这个不知廉耻的骚货！"

九红却说来说去总是那么一句话，陈池龙翻来覆去也总是那样一句话。他们各自在一遍又一遍地重复着不知道说过多少遍的陈词滥调。他们的谈话永远不可能有什么新的内容。他们都清楚要与对方分手最根本的障碍是九红的姑妈、陈池龙的母亲——李氏，李氏是横亘在他们婚姻之间的一座山峰。他们只要想离婚，首先必须有勇气从李氏的身上跨过去，而那样做是他们都不愿意看到的。他们都知道李氏是一个慈祥而又爱面子的人，他们不忍看到因为自己的婚姻而使李氏受到伤害。

不管如何，这桩不愉快的婚姻已经不可避免地给陈池龙投下了一道怎么也抹不去的阴影。他郁郁寡欢，日子过得非常不开心。陈池龙的父亲陈觉苍对儿子的表现感到很失望，他确实不太明白儿子的心思，他吃惊儿子怎么会有那样的耐性，而且窝囊得让他不可理喻。有时当他一个人与儿子独处的时候，他会老气横秋地指责儿子说，连一个贱女人都不敢休掉，将来还会有什么出息可言？陈池龙忙向父亲解释说他不是不想休掉九红，问题并不是父亲想的那样简单，首先是他必须尊重母亲的感情，即使他把九红休掉了，他自己解脱了，可母亲在感情上不能接受，整天心情郁悒，他还能有什么幸福可言？

几个月后，九红怀上了身孕，那是陈池龙与九红极不愉快的新婚之夜的结晶。陈池龙无心插柳，却意外地让他当上了父亲。对此陈池龙懊悔得无以复加。九红的怀孕使他无法摆脱九红又多了一个理由、多了一个障碍。

全家人当中最高兴的算是李氏。她喜出望外，她为九红怀上了陈池龙的孩子喜得合不拢嘴。在她看来，陈池龙和九红婚后所有的恩恩怨怨和疙疙瘩瘩都将随新生命的降临而变得烟消云散、风和日丽。她真诚地奉劝儿子要好好把心收回来，不看僧面看佛面，孩子是他的种，那该是千真万确的吧？再说一辈子一转眼的工夫就要过去的，凡事都没法儿太认真；太认真了只能伤害身体，自己跟自己过不去。

对母亲的劝导，陈池龙一如既往地洗耳恭听。他从来都是一个乖顺听话的孩子，他不想因自己的任性而让母亲牵肠挂肚、徒添烦恼。陈池龙当然更不可能向母亲再提有关要把九红休掉的事。他尽量不把对九红的厌恶和不满流露出来。事情已经到了这一步，陈池龙觉得只能走一步算一步，以后看情况再说。至于九红，从心里，他永远不会原谅和宽恕她。

4

不久，陈池龙写了一份要求休掉九红的申请，准备递交给党组织。申请报告里说，鉴于他和九红婚姻关系已经名存实亡，彻底破裂，他郑重地要求党组织能够认真考虑他的请求，同意他和九红离婚；否则的话，让这种死亡的婚姻继续维持下去，不但对他来说不可能带来幸福，对九红，更不可能有幸福可言。陈池龙十分坦诚地解释说，他要休掉九红确实是因为他无法接受一个被土匪睡过的女人跟自己生活一辈子，以及生理上对失去贞操的女人的一种本能上的厌恶。如果一定要把它同封建思想、低级趣味联系在一起，当然他也没有办法，但他只希望党组织能够批准他的请求，让他尽快从那种不幸的婚姻中解脱出来，以便投入更多的精力和热情奋勇杀敌，为百姓建功立业。陈池龙显然已经下定决心要放弃九红。他想，如果党组织不同意他的申请，他将自行解除他和九红的婚姻关系，他们的婚姻关系已经再也无法维持下去了。他希望尽快得到党组织的回音。

其实，没等陈池龙把申请报告交给党组织，一场酷烈的战斗已经打响了。

闽中红第一支队和第二支队成立后，以各自的根据地为依托，采取灵活多样的游击战术，四处出击偷袭敌营，使敌人受到巨大威胁。国民党第九师师长李延年恼羞成怒，一边骂驻守闽中的第二十五旅旅长张琼无能，一边率第九师进军闽中，准备一举歼灭在闽中的红军游击队。

这场战斗是在红军游击队毫无思想准备的情况下打响的。凌晨时分，李延年一下子出动了近一个师的兵力围剿红第二支队所在的根据地广业山区。枪声响的时候，支队还以为是哪一路土匪在滋事骚扰，根本没把它当一回事。这就注定了那是一场必然要失败的战斗。当周映丁他们从混沌中清醒过来时，李延年的第九师已经大兵压境，排山倒海般向根据地推进，密集的枪声响彻云霄。直到这时，周映丁才猛然醒悟部队已经被敌人包围了。周映丁急得叫了起来，他说："同志们哪，眼下这场战斗的最终结局已经很清楚了，除非我们能够打败他们。大家赶紧把你们的能耐拿出来，把他们消灭掉，我们豁出去了！否则，我们只有死路一条了。"

那一刻，支队里从领导到战士，都看见支队长眼中有一缕困兽犹斗般的绝望和悲哀的动人的神光在闪烁。那种光给大家的印象是那样的深刻，过目不忘。大家便都明白了事态的严重性和部队的处境，并且明白部队已经不可避免地要面临一场血战。

部队严阵以待，等待敌人靠近了发起攻击。

敌人终于发起了进攻。见敌人攻上来了，有的战士喊着要打，周映丁却不同意，他让大家耐心等待，他说："今天的战斗，主动权在敌人手里。我们要做持久的战斗准备，节约弹药，尽量做到敌人不到跟前不打，要打就往死里打，叫他们有来无回，打败他们！"

十几分钟后，部队发起了反攻。枪声一响，战士们都情绪激昂起来，机枪、步枪和手榴弹各种武器同时向敌人吐出了猛烈的火焰，冲在前面的敌人倒成了一片，其余的落荒而逃。

敌人想不到红军游击队的火力会如此猛烈，第一次进攻被打退心里很恼火，很快又重新组织进攻。敌人这次攻击的主要目标是陈池龙使用的那挺全支队唯一的机枪，无数的子弹瞬间在陈池龙的身前身后划出一道道绚丽的弧光。

陈池龙从一开始就处于一种极其亢奋的状态，好像这些天来所有的不愉快都是由眼前的敌人给带来的，他发了疯般端着机枪朝敌人猛烈扫射，看着敌人在他的射击中一排排倒下去，他高兴得像一个孩子似的嗷嗷乱叫。

周映丁在一边看陈池龙打得那样开心，心里也乐了，最近一段时间陈池龙屡教屡犯的事也被忘得一干二净，只说："陈池龙，你他妈的别光顾着乐了，担心子弹把你的脑袋打成尿壶！"

陈池龙边打边说："笑话，我的脑袋还没那么贱！"

部队又一次打退了敌人的进攻。

敌人的几次进攻在遭到游击队顽强阻击之后，便改变了策略。敌人运用远攻的办法向游击队的阵地打炮，并发射了燃烧弹，一顿炮就把游击队阵地上的房屋和草垛都打着了火，顿时火光猛烈，游击队处在一片火海之中，形势十分危急。

周映丁清点了一下大家的弹药，发现部队伤亡惨重，弹药也消耗得差不多了。他知道，如果继续跟敌人对峙下去，吃亏的必定是游击队。因为游击队从人员数量到弹药装备，一直处于劣势状态。他决定除了留小部分人员狙击敌人外，其余的游击队员迅速从敌人的包围中打开一条血路冲出去。参谋长马超有些担心地说："老周，我担心冲不出去了。"

周映丁打仗打得眼睛都红了，凶巴巴地说："就是全部队的人都给放平了，也要冲出去！"

这时已经到了下午三点。要想从敌人的包围中冲出去也只能是夜里的事，夜里天黑，目标不容易暴露。周映丁让大家千万要节约弹药，坚持到夜里，只要天一黑下来，部队就冲出去。

周映丁才说完，就听一个战士喊道："敌人又冲上来了！"

原来，敌人很久没有听见游击队这边有动静，以为游击队已经丧失了攻击能力，便又一次向游击队发起了大举进攻。几乎在大家还没反应过来时，陈池龙嘴里骂了一声："妈的，狗杂种！你们上来吧！"骂着，又端起机枪朝敌人猛烈扫射。

陈池龙越打越凶，只怕淤积在心里的耻辱和愤怒无处发泄。看着一排排敌人在他的射击中倒下，他"咯咯"地笑着，仿佛眼下不是在战场上，而是在跟谁闹恶作剧。

陈池龙正打得痛快，却发现机枪突然哑了，他又接连搂了搂扳机，才发现原来已经没子弹了。与此同时，陈池龙发现部队所有的枪炮全部都哑了。慌乱中，他又犯了一个与上回打伏击战时一样的错误，在没有得到任何命令的情况下，他猛地从身后拔出大砍刀，跃出战壕，大叫着朝敌阵冲去。霎时间，子弹在他的身边飞来飞去，他全然没有知觉。

周映丁想不到战斗中的陈池龙是如此骁勇，他几乎看呆了，心想在这样英勇无畏的战士面前，有什么样的敌人没法儿打败？他知道，眼下虽然还没到突围的时间，但陈池龙的惊人之举无疑把突围的时间往前推了。也就是说，这下已经到了胜败关键的时刻了。他心里一激灵，马上让号兵吹号，向敌人全面发起猛攻。周映丁手举大砍刀喊道："共产党员同志们，红军战士们，跟我冲呀！"说着带头冲入敌阵。

陈池龙看整个部队都冲上来了，心里大受鼓舞，连衣服都脱了下来，光着背在敌阵中左砍右杀，敌人被砍伤无数。在无畏的红军战士面前，敌人终于害怕了、逃跑了。部队于是边杀边撤，终于冲出了敌人的重围。

这场战斗，可以说是歪打正着，虽然部队遭到了重创，但毕竟取得了突围的成功。部队撤到安全地带后，周映丁想起这场战斗首先应该给陈池龙记上一功，他到处在找陈池龙，却不见陈池龙的踪影。周映丁吃了一惊，担心陈池龙刚才牺牲在战场上了，心里不由得一阵悲怆。陈池龙排里的一名战士却说，部队在突围时，他还跟他们排长在一起呢！周映丁说那就是冲出敌人包围时走散了，要么就是负伤掉了队了。周映丁急了眼，回过头冲二连长喊道："二连长，你带几个人去找陈池龙，就是死了也要用担架给我抬回来。找不到陈池龙，你别回来见我！"二连长答应了一声，一刻也不敢怠慢，带领几名战士顺着原路找陈池龙去了。

陈池龙是在部队杀出重围的路上被找到的，二连长他们发现陈池龙时已经是第二天凌晨。此时的陈池龙早已不省人事，只剩下一丝气息，静悄悄地躺在路边的一棵马尾松树下。他的身上留下了无数处刀口和弹孔，全身血肉模糊，惨不忍睹。二连长一阵眼热，也不敢多耽误，赶紧把陈池龙抱上担架，让两名战士抬起追赶部队去。

周映丁根本没有想到陈池龙会伤得那样严重。当陈池龙被抬到周映丁面前时，仍处在昏迷之中，周映丁连喊了几声陈池龙的名字，陈池龙一点儿反应也没有。周映丁的眼睛不禁红了起来。他让队医马上施救，赶紧把射入陈池龙右下腹的那颗子弹给取出来。他说他要看着队医把手术做完。但毕竟部队医疗条件太差了，加上一些药品在部队突围时的慌乱中丢失，连麻药都没有，手术进行到一半时，陈池龙痛得从昏迷中醒了过来，像杀牛般嗷嗷乱叫。周映丁问队医到底怎么回事，队医起初并不敢告诉周映丁实情，现在说了实话，周映丁火了，大骂队医浑蛋，他说："要是陈池龙有个好歹，我饶不了你！"队医心里不服气，嘴上嘟嘟囔囔了一阵。周映丁听不清他说了些什么，心里更火起来，吼道："要是听见陈池龙再叫唤一声，我要你的命！"

陈池龙虽然还处在昏迷状态，但似乎听见了他们的对话，队医再一次施手术时，他一声也不叫了。只见他牙根儿咬得紧紧的，豆大的汗珠从他的额头和脸上滚落下来，浑身湿漉漉的，就像刚从水里捞上来一样。队医好不容易从他的小腹中取出了那颗子弹时，他又一次昏死过去。

周映丁担心队医把他给弄死了，赶紧问队医陈池龙是不是死了。队医已经累得说不出话来，一会儿才缓过气来："他死了，我还能活命吗？"

周映丁听出队医的意思，兴奋得一拳打在队医的肩膀上说："我料你也不敢把他给整死了。"

5

陈池龙从昏迷中再次醒过来已经是几天后的事了。这时的陈池龙已经躺在了龙潭村自己家里柔软舒适的床上。

部队考虑到陈池龙伤势严重，短时间内要恢复起来有困难，而部队又一直处于辗转作战的状态，就把他送到了家里养伤。到这时为止，陈池龙已经整整有两年时间没有回家了。

陈池龙在冥冥之中好像听见有人在叫自己的名字，又像是做了一个长长的梦，仿佛是从十八层地狱里才被人唤了回来。他在迷迷糊糊中喃喃地问："我这是在哪儿了？"

一直坐在床前的母亲李氏见儿子醒了过来，兴奋地叫道："孩子，你终于醒过来了，你快睁开眼看看，你这是在家里呀，你已经回家了！"

　　陈池龙这回终于听清楚了，相信自己不是在做梦了。他慢慢地睁开了眼睛，果然看见了床前的母亲和母亲身边的九红。在她们的脸上，都挂着两串眼泪。陈池龙已经注意到，母亲李氏怀里还抱着一个不过两岁的孩子。孩子很怕生，看见陈池龙在盯着她，吓得赶紧把脸埋在李氏的怀里。

　　陈池龙不用想就知道这个女孩儿是谁了，心里不禁涌起一股说不出的心情。这时，他十分虚弱地叫了一声娘，他说："我这不是在做梦吧？"

　　李氏抹着眼泪说："你真的把我们给吓坏了！你总算醒过来了！"她赶紧让九红去端熬好的汤给陈池龙喝。九红应了一声，转身端汤去了。

　　九红离开后，母亲告诉儿子，这些天来，九红几乎寸步不离伺候在他的床边，整天就只是哭，不吃不喝，这样的媳妇也算是少见了。母亲说着让陈池龙看她怀里的女孩儿陈小小。母亲讨好地对陈池龙说陈小小长得太像陈池龙了，跟陈池龙小时候简直就是一个模子里倒出来的。

　　母亲李氏没有想到陈池龙最听不得这些话，脸色一下子变得很难看。李氏这才发现自己说多了，赶紧咽下要说的话，她俯下身子把陈小小抱到陈池龙的面前，让陈小小亲亲陈池龙，并让她喊爹。陈小小一下子很难接受这个陌生的男人，嘴里不知嘟囔了一句什么，听上去像是在叫爹，又像不是。

　　陈池龙认真地打量着眼前的陈小小，似乎要从她的脸上研究出什么东西来，心里说，她，真的是自己的骨血，真的是自己的女儿吗？

　　事实上，陈池龙在第一眼看到陈小小的时候，就已经喜欢上她了。陈小小两眼黑而亮，嘴边还有两个深深的酒窝，皮肤瓷白瓷白的，简直就像是一个小瓷人。陈池龙确实曾经认真地对九红的孕期进行过推算，结果发现，如果不承认这个孩子是自己的骨血，而硬要把她推给王世吾，实在没有一点儿道理。但不知道为什么,陈池龙对眼前的女儿就是缺乏一种热情。其关键原因仍然在她母亲身上。

陈池龙对妻女的冷淡态度,母亲李氏只能急在心里,而没有任何办法。她所能做的只是在时机恰当的时候说一些恰如其分,又不能让儿子反感,更不能因此有碍儿子身体恢复的话,试图起到某种效果。但问题是李氏的任何话语也没能对陈池龙产生哪怕一丝一毫的作用。陈池龙依然故我,他话语很少,甚至从不正眼看一眼九红和陈小小。从儿子的脸部表情上,做母亲的已经看出他对这个家庭毫无眷恋之意,他的心每时每刻都在部队,都在战场上。

而作为陈池龙,他的心里确实已经容不下九红了,一看到九红他就会很自然地把九红与一只到处发情的母狗相比较。尽管他也发现,短短的两年时间,九红的脸色已经失去了原来的红润,显得像纸似的苍白,从内心来说有些不忍,但他仍然无法原谅九红的失贞。当他从昏迷中醒过来的那一刻起,他就坚持不让九红上他的床。九红很知趣,心哀了一下,找一张草席在房间的墙脚铺下睡了。这以后直至陈池龙在家养伤的一个月间,他们就这样自个儿睡自个儿的,井水不犯河水。

陈池龙毕竟是个血性男人,尽管他再恨九红,但九红丰乳肥臀,身体线条优美动人,浑身上下散发出一种成熟女性的特有魅力,使他不可能对她无动于衷。尤其是当陈池龙的伤病一天一天被治愈,身体一天一天恢复得像过去一样壮硕的时候,那种迫不及待想对成熟女性发起进攻的念头就显得更为强烈,一发不可收拾。

同时,他的内心充满了矛盾和痛苦,他觉得自己绝对不能向九红屈服、投降;否则,就意味着他彻底地失败了,成了九红的俘虏。

在陈池龙养好伤要回部队前的最后一个晚上,一缕冷冷的月光照射在陈池龙的床前。陈池龙躺在床上,五内如焚,浑身像拿火烧烤一样难受。

那时候，九红还没睡着，她没法儿睡，自从陈池龙回家养伤后，九红就从来没有睡过一次安稳觉。她天天都在为陈池龙的身体担心，生怕陈池龙有个三长两短。她不知多少次向上苍祷告，祈祷保佑陈池龙的身体能够早一天恢复健康。

那种感情是真挚的，完全发自内心的。她不在乎陈池龙始终没有把她的感情当作一回事，只要能够天天守在他的身边，只要她能够默默地为他付出、为他祝福，她心里就很满足了。

后来，陈池龙的身体一天一天地好起来，九红终于可以舒心地喘一口气了。但从内心来讲，她又感到非常的矛盾。她知道，陈池龙伤一好，就意味着他将要离开她，离开这个家返回部队了。如果从这种意义上讲，她倒真的希望陈池龙就一直这样伤着，那样，她就可以天天为他付出，为他做出牺牲了。她知道，她欠下陈池龙的，怕是今生今世也还不清了。虽然她也发现自己的念头是多么的歹毒，但她确实那样想了。

忽然，她听到陈池龙睡的床板在"咯吱咯吱"地发出一种有节奏的声响，声音很大。最近几天，陈池龙身上的伤已经开始结疤了，结疤处痒得陈池龙老是想用手去抓。九红起初真的只以为陈池龙在抓痒痒，便没把它放在心上。但很快，她就觉得不对劲儿了——九红是过来人，随即也明白了陈池龙在干什么，她羞得脸上一下子变得滚烫滚烫的，简直无地自容。同时，更多的是愧疚。她知道，陈池龙所以这样，都是她给带来的，她对不起他，她不知道自己该怎么办。

九红是在下了很大的决心后才走到陈池龙的床前，然后钻进陈池龙的被窝里的。九红把陈池龙紧紧抱住，她含着泪说："你要是想，你就要了我吧，就别再这样作践自己了。"

九红的举动使陈池龙感到有点儿突然，但更多的是自己的隐私被人窥视看穿后的恼羞成怒。他愤愤地把九红推开说："你滚！你来干什么？

我的事为什么要你来管？"

九红并没有因为陈池龙的呵斥而离开他。相反，她把陈池龙抱得更紧，她把自己的脸紧紧地贴在陈池龙的胸前，她已经哭起来了。她说："我知道你嫌我的身子脏，我知道你看不起我，可那不是我自己愿意的，我也是没法子的呀！我说过，你想怎么处置我都行，想怎么休我都行，可你就是不能这样苦自己，你的伤还没好，你怎么可以这样呢？你要是真的那么讨厌我，晚上你要了我，明天我就带小小回梅岭村娘家去，再也不回来了……"

九红说着已经泣不成声了，一串串温热的泪水滴落在陈池龙的胸膛上。陈池龙感受到了，只觉得胸前湿湿的、潮潮的，他有点儿被九红的话语和哭泣所打动，他那颗坚硬的心有点儿软了。但更主要的是，生理的需要超过了他对九红的厌恶，他终于接纳了九红。

这次实在把陈池龙累得一塌糊涂，又扫兴得一塌糊涂。这似乎是所有男人在跟女人做过那种事后都有可能犯下的一个通病。但陈池龙这回的感觉却尤为强烈。陈池龙后悔自己怎么会那样没用，那样的不争气，明明自己不爱九红，却还要跟她睡觉，跟她发生那种关系。这就好像一个喝得酩酊大醉的酒徒稀里糊涂地干了那事，醒酒后却发现跟自己睡觉的原来是一个丑陋无比的老女人一样，没办法形容陈池龙的懊悔和沮丧。一想起九红曾经跟王世吾做过那事，心里就有一种说不出的厌恶。

为了不使九红感到太难堪，尽管他心里一百个不愿意跟九红睡在一个床上，但他并没有马上赶九红走。做过那事后，他依然让九红睡在自己的身边，自己则把身子歪向一边，再也不去理她，一个人睡去。

第二天一早，自知做了傻事的陈池龙匆匆打点行装，赶回部队去了。

第三章

1

一九三九年三月，当陈池龙一头钻进小资产阶级情调的死胡同，还未能解脱出来时，抗日战争已经进入了第三个年头。为了增援前方，根据省委指示，决定在闽中游击队里抽调一批精干战士赶赴抗日前线参战。

陈池龙听到这个消息后，第一个报了名。那时，民族危亡、国难当头，抗日救国被当作一件非常光荣的事。陈池龙的举动立即得到了大家的响应，都纷纷报名要求上前线。

四月二十三日，两百多名抗日志士浩浩荡荡向北挺进。部队翻越浙皖交界的天目山脉，于五月中旬顺利到达安徽太平县新四军军部，受到了新四军军长叶挺的接见。

闽中游击队人员大都经过正规训练，都有过参加战斗的经验，相对而言比从当地刚刚招收入伍的新战士要成熟，这样，闽中游击队除一部分被编入新四军军部特务营第二连外，其余大都被充实到其他连排当骨干。陈池龙在红军时期已经是排长了，这下，他被任命为三团四营二连连长。团长是原闽中红第二支队二团参谋长马超。

陈池龙一心都在想着有仗打。他本来想到抗日前线后能够立即参加战斗,狠狠揍那些狗娘养的日本鬼子,没承想到皖南没几天,他就病倒了。他患的是水土不服,身上莫名其妙地长满了一个个又红又肿的疙瘩,痒得要命。陈池龙起先还认为是被什么虫子咬的,也不太当一回事,可是几天后,身上红肿的地方不但没有消退,反而越来越多了。另外,他还拉稀,拉得像水一样,一天要跑几次茅坑。

陈池龙本来就瘦,这一下人更是脱了相,胡子拉碴的,不到三十岁的他看上去像四十多岁的人。陈池龙跟马超开玩笑说:"老马,你看我这样子怕是要完了,别还没上战场就牺牲了。"

马超说:"那样不便宜了你?要死你得死在战场上。"

陈池龙说:"我也是那样想,怎么说也不能就这么死了,多不值得呀!等上了战场,先放倒几个狗娘养的日本鬼子,再死也值了。"

那会儿,前线吃紧,日本鬼子非常嚣张,不断有我军胜利和失利的消息从前线传来。陈池龙只能眼巴巴地看着人家一个个上了前线,心里急得不行。等到他所在的二连开到前线时,陈池龙急得几乎要跳井了。

陈池龙非常明白,如果他的身体仍然无法适应当地的水土,将意味着他必须要离开抗日前线,回到福建老家去。陈池龙恨不得自己的病能够马上好起来,但问题是他的病就是不见好,且一天不如一天。

四营营长胡燕成是当地人,第一轮战斗结束回营地休整时,他看陈池龙整日愁眉不展,心里也在替陈池龙着急。一天,胡燕成突然给陈池龙带来一个当地老乡。胡燕成告诉陈池龙,这位老乡叫任裕昌,是当地的一名乡医,他可以治好陈池龙的病,关键是陈池龙得拿出信心来,好好配合。

陈池龙一听这位老乡可以治好自己的病,心里一下子乐开了花,病也就好了一大半。接下去几天，照着老乡给他的汤药，陈池龙一天三次，一顿汤药也不敢落下。没过几天，肚子果然不再拉了，身上的疙瘩也不再红、不再痒了，在原先长疙瘩的地方，已经慢慢地结起了一层痂。陈池龙只觉得像脱胎换骨，突然间换了一个人似的，一身轻松。

负责给陈池龙送汤药的是任裕昌的女儿，叫任雯，十七八岁左右。起初，陈池龙并没有认真地注意过这个天天为他送药的女孩子。或许是被病痛折磨的缘故，他忽视了对方的存在。但随着病情的一天天好转，当陈池龙怀着一种轻松的心情看着眼前的女孩子时，忽然发现这个天天为他送药的女孩子竟是一个长得非常标致、非常文静的绝色美人。这种感觉是强烈的、刻骨铭心的。

在陈池龙病情转好的最后几天里，他几乎已经无法摆脱自己对任雯的思念。任雯的影子老是在自己的眼前晃来晃去，挥之不去。等待任雯为他送药的那段时间，成了他最难熬、最痛苦的一段时光。陈池龙甚至想象着任雯一定是一个白玉无瑕、纯之又纯的女孩子，她绝不可能有像妻子九红那样让人扫兴的龌龊的污点和经历。怀着一种对任雯极其强烈的好奇心，有时他会不着边际地胡思乱想，他甚至会想到休了九红后跟任雯结婚。

对陈池龙的这些想法任雯当然一无所知，所以当她把汤药送到陈池龙的房间里时，陈池龙对她表现得过分殷勤和热情，使她有点儿惊慌失措。陈池龙连连招呼任雯坐下，并为她倒了一杯水，自己却傻傻地站着看着任雯，那种表现对任雯来说至少从情理上无法接受。因为不管怎么说，陈池龙还是一个病人，病人要由别人来照顾才对呢！

还有一点使任雯感到慌张的是，她实在没有勇气面对陈池龙向她投来的那两道像火一样炽热的目光。即使任雯极力想回避，把头深深地埋在胸前，但任雯仍然能时时感受到陈池龙那两道目光的巨大威慑力和穿透力。她就像是赤身裸体站在陈池龙跟前一样，又慌张又尴尬，药一送到陈池龙手里，她就赶紧转身落荒而逃。

不慌不忙的，显然是陈池龙。任雯越是这样，他就越得意，越确认任雯是一个纯之又纯的女孩子。任雯的清白纯洁使他如醉如痴，欲罢不能。身上的病在一天天地好起来，但这件事搅得他心烦意乱，痛苦无比。他甚至天真地想这件事得请营长胡燕成帮忙，由胡燕成出面向任家提亲，要不是胡燕成这时已经上了前线，真难说陈池龙已经让胡燕成去任家提亲了。

陈池龙的身体完全恢复健康的时候，部队在前线还没撤回来。这样，陈池龙便没有什么事可做。人有时还真的不能太闲，一闲下来就会想东想西，想许多乱七八糟的事。很自然，任雯是陈池龙必然要想起的人，任雯的音容笑貌老是浮现在他的面前。陈池龙觉得自己已经没法儿不想任雯了。她之于他，已经变得相当重要。他一心只想见到她，只想休掉九红，要这个皖南女孩子和自己共度一生。

终于有一天，陈池龙找了一个借口，决定去看看任雯。他的所谓借口就是要当面酬谢一下使他摆脱病痛恢复健康的任裕昌。任裕昌的家就在离部队驻地不远的一个村子里，这是陈池龙平时从任雯嘴里听到的。陈池龙离开部队的时候，天气并不怎么好，厚厚的云层在天上堆着，结果才走到半路，雨就下来了。陈池龙并不介意，继续冒雨赶路。

任裕昌这天刚好不在家，出门办事去了，家里就任雯一个人。任雯没想到陈池龙会在这种时候出现在自家门口，自然觉得非常意外。看着落汤鸡似的陈池龙，她慌忙让陈池龙进了屋子，并找来一块干布让陈池龙擦干身子。

看着陈池龙被雨淋成这样，任雯有些心疼，她说："别又被淋出病来了。"

陈池龙笑嘻嘻地说："不会的，身体硬实着呢！"

陈池龙说着在任雯面前晃了晃结实的臂膀。在接下去很长的一段时间里，他们几乎都找不到合适的话题。陈池龙在脑海里苦苦搜索着词想讨好任雯，结果是一句话也说不出来。陈池龙好不容易整理了有点儿慌乱的情绪，终于说："你一个人在家呀！"

陈池龙是在任雯毫无思想准备的情况下到来的；任雯同样紧张得不行，听陈池龙这样说，更是紧张得满脸通红。

任雯说："我爹上城里去了。"

陈池龙说："我来得不凑巧了。"又说，"我本来是想来谢谢你爹的。"

任雯说："不谢了，我爹就是那样的人。"

陈池龙说："你爹是个好人。"

任雯有点儿吃惊，不相信地说："你也那样说他？"

陈池龙目不转睛地看着任雯："是呀，你爹是一个好人！"

任雯这下相信了陈池龙的话，但她的心情明显变得阴郁起来，她说："可你知不知道我爹是干什么的？"

陈池龙愣了一下："干什么的？你爹不就是一个乡医吗？"

任雯顿了一下，慢慢地说："我爹是一个地主。"

这下轮到陈池龙大吃一惊了。陈池龙感到实在有点儿不可思议，医术医德那样好的一个人，怎么会是地主呢？不过，很快，他就把这个问题看得很淡、看得很开了。他坦白地告诉任雯说："地主又怎么啦？只要思想进步，能一心为老百姓办好事就是个好人，谁还管他是什么地主不地主！"

陈池龙侃侃而谈，越说兴致越高，好像他非常熟谙这方面的道理似的。任雯倒好像是一个在认真听他讲课的小学生，听得那样专注。她越是这样，越是激发了陈池龙的表现欲。

这个来皖南前只会讲几句简单的普通话的南方人，第一次用半生不熟、结结巴巴的普通话在一个比他小好几岁的女孩子面前表现自己非凡的演讲才华。任雯简直被他的魄力深深地折服了。她第一次听到共产党新四军里的人用如此轻松的、不以为然的语调评价她的地主父亲。不知不觉地，她的心和陈池龙贴得更近了。

　　在此之前，她对陈池龙的了解可以说是一纸空白。尽管过去天天为陈池龙送药时，陈池龙所表现出的那种忘我的神态令她心慌意乱、手足无措，现在想来，那实在不算什么。陈池龙对自己并没有什么过分的地方，或者说，并没有什么恶意。

　　任雯当然更不可能想到陈池龙已经爱上了自己。她毕竟还是一个孩子，她把任何事情都想得非常单纯，特别是当面对着一个能够理解她和她的家庭的男人时，她除了毫无疑问地认定陈池龙是一个好人，是一个值得信赖的男人外，心里根本就没有其他的什么想法。这就给陈池龙追求任雯增加了一定的难度。他处在一种非常尴尬的地步，就好像是碰到了一台接收信号非常差劲儿的对讲器一样，他发出的信号在任雯那里得不到任何的响应。

　　为这事陈池龙疑惑了好大一会儿，心里想任雯到底是真的不明白自己的意图呢，还是装作糊涂？不过，他立刻就想到像任雯这样的女孩子，她不可能有意在跟自己捉迷藏，她绝对不是那种有心计的人。

　　面对着一个纯之又纯的女孩子，心里有很多很想讲的话，陈池龙只能点到为止，不好讲得太明白。尽管如此，陈池龙心里还是觉得很愉快，只要能够单独地、面对面地跟一个自己喜欢的女孩子在一起说说话，他就已经很满足了。

　　任雯也一样，她始终把陈池龙当作一个值得信赖的大哥哥看，尽管凭着一个少女特有的敏感，她已经朦朦胧胧地感受到眼前的大哥哥对自己别有一番情意，但她就是不愿往那方面想，她还是把他当作一个大哥哥看，他们的谈话始终是愉快的。这次见面，双方都给对方留下了极其美好的印象。也正是因为这次见面，使陈池龙进一步下定决心要冲破一切阻力跟任雯结成终身伴侣。

陈池龙病愈归队没几天，日寇纠集伪军上千人向太平县新四军军部驻地进行围剿，陈池龙所在的二连接到了战斗任务。团长马超命令陈池龙带领二连火速抢占铜山以南的麻岭高地一线，做好警戒以保障全军安全转移。

铜山是太平县北面的一个山区集镇，麻岭就在铜山镇的南面，高出地平线约几百米，是一道天然屏障。这里的战略要地十分重要，进可控制泾县，退可扼守太平，是兵家必争之地。

陈池龙率领二连开到铜山镇时，已是凌晨时分。部队在铜山停了片刻，在东方破晓之前全部进抵麻岭，并立即修筑掩体，派出分队到主峰担任警戒任务。接着，以班为单位分别安置在村落四周的竹林里抱枪打盹儿。黎明时分，突然有负责警戒的战士报告说，鬼子上来了。陈池龙恶狠狠地骂了一句："娘的，来得正好！"他立即命令二连快速跑步上山，占领麻岭主峰阵地。

由于这是离开闽中北上后的第一仗，陈池龙的心情一直处于非常兴奋的状态，他恨不得和敌人立即交火，打他个屁滚尿流。也亏了上山快，部队刚占领麻岭主峰阵地不久，日寇的先头部队已经展开战斗队形向麻岭扑来。

皖南的山比闽中的山少了许多树木，更不像南方的树木那样四季苍翠，敌人一进入山脚，在山上就看得一清二楚。陈池龙问一排长、三排长："都看清了没有？"

一排长、三排长说："看清了！"

陈池龙说："看清了，待会儿敌人一上来就给我拼命打。打不过这些小日本，我们都得提脑袋去见团长。"陈池龙说着自己架起了机枪，开始瞄着小鬼子了。

敌人才到山腰时就开始向山上发起攻击了。小日本凭借武器上的优势，以凶猛的火力向山上狂轰滥炸。在猛烈的火力之下，陈池龙和他的战士们根本就没法儿抬起头来。陈池龙把头埋在阵地上，突然打了一个愣怔，他想，这还了得！这不是在等死吗？他抬头一看，敌人果然已经一边朝山上攻击，一边冲上来了。

陈池龙急了，气冲冲地朝被炸得连头都抬不起来的战士们吼道："还趴着干什么，快打！"陈池龙又冲一排长、三排长喊："你们都给我听着，要是打不退小日本，我先毙了你们！"

一排长、三排长自然不敢怠慢，更何况他们也恨透了小日本，便立即组织反攻。霎时，全连所有的武器同时吐出了火舌。敌人受到突然打击，不知所措，前进不得，后退不得，趴在山腰上又没有障碍物遮挡，冲在前面的鬼子一个个倒了下去，把后面的鬼子吓得赶紧掉头朝山下跑去。部队终于打退了敌人的第一次进攻。

第一次胜利使得陈池龙非常兴奋。他一边叫大家修整工事，一边说："同志们哪，好好干，狠狠打小鬼子，回去后我给大家请功，打死十个以上敌人的还可以往上提，现在是战士的可以提班长，已经是班长的可以提排长，一级一级往上提。当官的机会有的是，现在就看大家了！"

一排长逗趣说："连长，要是真的照你说的一级一级往上提，那你这个连长不是给人家顶掉了？"

陈池龙说："傻瓜蛋！我也可以捞个师长、团长什么的干干，连这个都不懂？"

正说着，敌人又发起了第二次进攻。这次，敌人改变了进攻策略，在一阵更加猛烈的狂轰滥炸后，分成若干小组向山上包抄过来。陈池龙觉得好笑，说："小日本人小鬼大，还知道玩鬼点子。"

他命令一排长、三排长各看住一部分鬼子，他说，绝对不允许让一个小鬼子冲到山上来，否则，你们的脑袋就保不住了，不是让小鬼子敲掉，就是让我给敲掉。一排长笑着说："连长，你老是喜欢用这个来吓唬我们。我们会让你吓到吗？你放心好了，我们绝对让那些小鬼子来了就不能回去了。"

陈池龙笑起来说："这就好！这就好！好鼓不用重槌敲，就怕你们提不起精神来。"

这场战斗一直持续到黄昏，敌人采取炮轰和冲锋交替进行的战术，每次炮轰后，以为把山头的新四军消灭得差不多了，可是每次组织冲锋，都被激烈的枪弹打退下来。就这样来来回回、反反复复，陈池龙一共组织战士反攻达八次之多，陈池龙越打越兴奋，打起仗来简直像一个小孩子，又是嚷又是叫，他架着一挺机枪，一个点射就会打倒一串敌人，敌人就像被放倒的树一样，一个个在他的视线里倒了下去。麻岭高地始终被控制在陈池龙他们手里。

不过，这个阵地守得一点儿也不轻松，这场战斗也给二连带来了重创。由于敌人的炮火过于猛烈，许多战士被弹片和炸飞的乱石击中，山头上到处是浓烟、是鲜血，战士死伤过半。看着一个个战士倒在血泊中，陈池龙心里有一种说不出的痛，他已经完全顾不上考虑杀下山去会有什么样的严重后果，他恨不得立即率部队冲下山去，把小鬼子杀他个人仰马翻。

其实，坚守在麻岭高地的指挥员和战斗员中，不只陈池龙一个人这样想，大家都被小日本打急了、打疯了，大家都想冲下山和小日本决一死战，他们已经忘了他们的主要任务是阻击敌人，让大部队安全转移。

但不管怎样，麻岭这一仗还是打得非常成功的。

黄昏时分，上级负责联络的同志通知陈池龙，大部队已经安全转移了，让陈池龙赶紧带部队撤离。陈池龙觉得自己的耳朵出了毛病，他像是没听清对方说什么一样，半信半疑地问联络员："你是说让我们撤离？"

联络员说是。陈池龙就发火了，他一把揪住联络员的衣领，眼睛瞪得比鸡蛋还大，他骂道："我们牺牲了那么多的同志，山下的敌人还没被消灭掉，你敢下令让我们撤离？"

陈池龙说着，狠狠地推开联络员，不由分说又架起机枪"嗒嗒嗒"地朝山下一阵猛烈的扫射，边扫射嘴里边喊："小日本，有种的，你们都给我上来！"

陈池龙越想越气，心想这都是谁在瞎下命令，你要是不会指挥，就赶紧回家抱婆娘过日子去！陈池龙越打越不解气，手里的扳机干脆一搂到底。

那时天已经暗了下来，从枪口射出的子弹像一条条火蛇，呼啸着朝敌阵飞去，在暗夜的山野里显得格外的壮观、绚丽。当最后一颗子弹射出去后，陈池龙才心不甘情不愿地从掩体里站了起来，悻悻地指挥部队撤离高地。

2

阻击战过后，陈池龙官升一级，被任命为二营副营长。

接着便是一段较长时间的休整待命。陈池龙最怕的就是过这样的日子，没完没了，不死不活，让他觉得比死还难受。尤其让陈池龙伤脑筋的是，部队休整，组织大家学习毛泽东《论持久战》《抗日游击战争的战略问题》

及有关抗日民族统一战线的论述等。学习过后要大家写心得，谈体会。陈池龙一时半刻也坐不住，老借口往厕所跑。次数多了，马超就批评他。陈池龙根本就没把马超的话当一回事，依然一趟一趟跑厕所，躲在厕所里抽烟。一待就是大半天，马超也拿他没办法。

陈池龙怕马超把这事扩大化，拿到全团做典型，便故意说出许多自己不适应参加学习的理由，比如自己的头部在南方的三年游击战中负过伤，留下了后遗症，平时他最受不得思考问题了，一想问题就头脑发晕、发涨，就像要裂开一样等。马超当然不会被陈池龙的花言巧语所蒙骗，但也承认天天这样学习确实有点儿枯燥，别说陈池龙这样心急的人，就是普通人天天这样坐下去，也会坐出病来的，自然也就对陈池龙睁一只眼闭一只眼，放任自由了。

尽管如此，陈池龙仍然觉得日子过得非常的不爽快、不舒心，还不如上前线跟小日本干一场来得痛快。他的心情变得极其烦躁，干什么都觉得没劲儿，脾气也变得很不好，动不动就骂战士，拿战士出气。陈池龙突然发现，自己的脾气变得越来越坏的原因不是别的，而是缘于自己对任雯的思念。那个比他小好几岁的女孩子，第一次让他产生了如此强烈的思念之情。他渴望能够很快地见到任雯，哪怕只是站在她的眼前两分钟，让他看上一眼也好。

陈池龙非常吃惊地发现，他已经离不开那个女孩子了。在陈池龙的印象中，任雯确实是一个白玉无瑕的女孩儿，她是那样的朴实、清纯、善良。陈池龙对任雯的良好印象和强烈的思念，实际上是在任雯对陈池龙的暗示性谈话单纯到毫无知觉，或者有意识地保持着一份少女特有的矜持的情况下，才变得更加强烈起来的。任雯越是这样，陈池龙就变得越不可遏制，变得越发疯狂。他认定任雯是一个纯洁的女孩子，只有这样的人才会有这份固执、这份傻劲儿。他想他无论如何要休了九红把任雯追到手。

陈池龙是一个心里想什么非得往外说的人，而且许多想法往往是在连自己都还没有完全考虑成熟的时候，就急急地告诉给了别人。在对待任雯的问题上，陈池龙又犯了同样的错误，他把自己对任雯的美好印象和苦苦的思念向四营营长胡燕成和盘托出，并希望这个当地人能够从中穿针引线，成全他和任雯的好事。

陈池龙虽然才来皖南不久，但胡燕成对陈池龙的情况多少知道一些。当陈池龙提出要找任雯时，胡燕成并不觉得突然。胡燕成只是弄不明白，陈池龙怎么会这么早就把这件事提出来了，而且看上的人会是任雯。因此，胡燕成对陈池龙的决定多少有些吃惊。他说："你知道任雯的爹是干什么的吗？"

陈池龙说："不就是一个地主吗？"

陈池龙的坦然和平静反倒使胡燕成不知说什么好了。胡燕成在心里就想，看来陈池龙是什么事情都知道了，那么既然陈池龙对任雯家里的情况知道得那么清楚，却还要娶这样一个地主的女儿，那就说明陈池龙的思想认识真的有问题了。胡燕成一刻也不敢怠慢，赶紧把这事向团长马超做了汇报。

马超实在是太了解陈池龙了，但他想不到陈池龙做事会越来越离谱，当即叫来陈池龙训了一顿，他非常严肃地告诉陈池龙，这个梦想必然以破灭告终。他说他想不到陈池龙的这个老毛病会从闽中带到抗日前线来；他实在替陈池龙痛心。马超非常明确地告诉陈池龙，这件事他管定了，否则，不但对陈池龙是不负责任的，对党也是极不负责任的。那样做的结果，必然会导致他和陈池龙都要犯严重的错误。马超还严厉批评陈池龙，不要一升官就飘飘然了，忘了自己的糟糠之妻，那样做将是极其危险的。

面对马超喋喋不休的教育，陈池龙只能把这股了气咽到肚子里去。

他想不到在闽中老家天天挨周映丁的批评，来皖南后又碰上第二个周映丁——马超，而且两人如出一辙，连讲话的口气和神态都一模一样。他承认自己想要休掉九红的心情是越来越迫切、越来越强烈了，但那跟他当官不当官一点儿关系都没有，扯得实在是太远了。

前后两次的经验教训终于使陈池龙明白了一个道理：像这种事要想取得组织上的支持那真是痴心妄想！他暗骂自己糊涂，什么事一捅就捅到组织那里，你要让组织怎么办？这就好比你想犯什么错误，你想犯去犯就是了，事后让组织上知道了，生米做成熟饭，组织上也拿你没办法，顶多批评你几句，或者给你一个什么处分。但当你才有犯错误的念头和动机，就先向组织上汇报，说你想怎么怎么着，组织上又如何能够答应你去犯错误呢？

几天过后，陈池龙终于决定，在个人问题上，以后再也不能什么都依赖组织了，在某些问题上，组织永远不可能跟自己站在一边。虽然说摆脱组织并不意味着他的任何个人目的都能够心想事成，但起码有一点，他的心灵是自由的。他可以在任何时候休了九红另娶一个女人为妻，也无须受到任何的约束和限制。这就足够了。陈池龙所需要的也正是这一点。

几年来，在个人婚姻的问题上，他就是太相信组织了。大事小事都想跟组织上汇报，以至于所有的自由都被剥夺了，什么事都让组织上牵着鼻子走。陈池龙突然发现自己以前真是傻透了，他为什么会那样傻呢？

就在这天晚上，陈池龙给九红写了他来皖南后，也是他和九红拜堂成亲以来的第一封信。

信的开头是这样写的：

我们的婚姻已经走到尽头了。今天我之所以要给你写这封信，是因为我已经下定决心要彻底结束我们这段不幸的婚姻。尽管这样做无论是对你，还是对我都是极其不愉快的，但事情已经到了无法挽回的地步了，我们只有面对现实。就像你无法接受我对你的疏远一样，我永远无法接受一个失去贞操的女人，更何况这个女人要跟我生活一辈子呢！一想起那件事，我整个人就好像被人彻底打败了。与其这样维持一种名存实亡的婚姻关系，不如快刀斩乱麻；否则，对我们双方来说，都是一种欺骗、一种伤害。这封信算是我正式写给你的休书了……

当九红读到陈池龙寄给自己的休书时，她正挺着一个大肚子，怀着陈池龙的第二个孩子，这是她事先没有想到的。当她发现自己又一次怀上陈池龙的孩子时，她就开始感叹命运真的是在有意捉弄她，在跟她过不去。

事实已经证明陈池龙并不爱她，而且两个人分手也是早晚的事。而她，偏偏又怀上了他的孩子，不管以后生下的孩子是男是女，对孩子本身来说，都将是不幸的，他们不可能享有父爱，他们都将会因为母亲而永远遭受他们父亲的唾弃。

基于这种想法，九红决定把肚子里的孩子打掉。她甚至瞒着她的姑妈李氏，尝试着使用民间各种打胎的偏方，试图把肚子里的孩子打掉。但是那些汤药除了给她带来一阵又一阵钻心的腹痛外，几乎没有一点儿效果。于是她就在心里想，这孩子是注定要来到这个世界上的，她反倒被肚子里孩子的执拗感动了。

九红确实想不到这一胎会生得这样的艰难，而且几乎要了她的命。还在孩子出生的前一星期，九红的肚子就开始痛了，也许是已经生过一胎的缘故，九红对将要出生的第二个孩子一点儿也不在意。陈池龙的母亲李氏看九红马上要生了，给九红提议说要去叫接生婆。九红说，要接生婆干什么，生小小时接生婆没来，小小不也生得好好的。

在以后的几天里，九红的肚子几乎天天都在痛，却仍然没有一丝要生的迹象。九红起先并不在意，心想等产期到了，自然就瓜熟蒂落了。等到终于有一天九红的肚子已经痛得她再也无法忍受，但是肚子里的孩子仍然迟迟不愿来到这个世界上时，九红的心里也开始紧张了。姑妈李氏看到这种情形，已经顾不得九红愿不愿意了，转身就跑，叫接生婆去了。

在等待接生婆的那段时间里，肚子的剧痛几乎要使九红昏死过去。这时，她又想到了陈池龙，想到了陈池龙给她写的那封休书。一想到这些，她的眼泪就像断了线的珠子似的"吧嗒吧嗒"止不住地流了下来。她就像一个小孩儿一样痛哭流涕，哭得很伤心。

她第一次体会到作为一个女人身边没有男人的艰难，以及被自己男人唾弃的巨大痛苦与不幸。但她并没有去埋怨陈池龙，对他更谈不上什么恨。她只恨自己的命不好，才使得她为陈池龙戴上了绿帽子。是她对不起陈池龙，也对不起陈小小和肚子里还没有出世的孩子。

她认为，所有这一切都是她自己一手造成的，因此，陈池龙给她的任何惩罚都是不过分的。除了无条件接受之外，她没有第二种选择。她已经认命了，退一步讲，即使陈池龙动了恻隐之心，不打算跟她分手，那么维持这种婚姻关系同样只会让他们更加尴尬。让陈池龙就这样委委屈屈跟自己过一辈子，不如尽早跟他分手，她自己则愿意在愧疚和悔恨中度过一生。

有一点九红并没有想到，陈池龙不仅仅要跟她分手，而且在离闽中千里之外的皖南，他正狂热地爱着另外一个女人。那种狂热，九红无论如何是想象不到的。那封貌似平静的休书除了让九红对陈池龙产生更加强烈的内疚外，她不可能想到陈池龙会用那种极其无奈、极其忧伤的美丽的谎言来编派她，跟她了结这场婚姻。她想她真是咎由自取，她对陈池龙休她的决定一点儿也恨不起来。为了不让姑妈李氏知道这件事，而给老人带来精神上的打击，她不动声色，把这件事捂得严严实实。她尽量用极其轻松的语气向老人报告陈池龙的一些近况，并请老人放心。只有她自己心里清楚，当她向李氏说这些话的时候，她的眼泪一滴一滴地往心里流去。

九红这一胎碰上了难产。实际上李氏刚一走，九红肚里的羊水就破了。但问题是，肚里的孩子就像是早已知道这个世界的冷暖险恶一样，一只脚刚迈出九红的体外，就再也不想迈出第二只脚了。这样一来，那只已经伸出来的脚就成了一个红色的巨大问号，仿佛在向这个世界发出疑问。

受罪的自然是九红，羊水混合着血水像小溪一般从九红的两腿间狂泻而下，她既痛又急，不知怎么办才好。迷迷糊糊中，她不禁打了一个寒噤，她又想到了陈池龙。是的，就是自己死了，她也要把孩子生下来，因为那是陈池龙的骨血，她已经欠了陈池龙那么多，她再也不能做出任何对不起陈池龙的事了。

当李氏带着接生婆赶到家里时，九红肚子里的孩子差点儿死去，九红也在一场生与死的剧烈搏斗中痛得昏死过去。李氏见状，失声痛哭。接生婆连声念着大慈大悲，叹了一声，赶紧履行起一个接生婆的神圣职责来。

乡下条件差，连把手术刀都没有。接生婆赶紧让李氏找来一个瓷碗，接过手"啪啦"一声朝地上砸去，瓷碗顿时被摔成许多碎片，接生婆弯腰捡起一块，立即动手把九红的产口切开。九红虽然一直处于昏迷状态，但并没有完全失去知觉，当锋利的碎碗片刚刚切在产口上时，她立时痛得嗷嗷乱叫，身子像弹簧一样从床上弹了起来。李氏急了，整个人扑在九红的身上把她紧紧压住，边压边说，九红你忍一忍，咬咬牙就挺过去了……

九红果然就像死去一般不再动了。

其实，就像油尽灯灭一样，此时的九红已经耗得差不多了。想喊喊不出，想动又动不了，她整个人就像是从高空重重地被摔在地上的感觉。眼下，她的最大心愿就是赶紧把孩子生下来，只要把孩子生下来，就是让她马上死掉，她也心甘情愿，无怨无悔。她甚至产生了一种非常怪诞的念头，把孩子生下来，然后让自己死去。孩子生出来了，对陈池龙有个交代了；自己死去了，从此不但对陈池龙是一种解脱，对她自己，更是最好的彻底的解脱。

孩子终于有惊无险地生了下来，是个男孩儿。九红由于在生产过程中出血太多，孩子一生下来就再也支持不住，昏死过去。等她醒过来时，已经是几天以后的事了。她恍若隔世，醒过来后第一眼看到的就是身边的孩子。这个让她又爱又恨的孩子，几乎差点儿把她的生命葬送掉。看到孩子安然来到这个世界上，九红激动得掉下了眼泪。她想她总算对得起陈池龙了，但有一点使她感到遗憾，她恨自己为什么要醒过来，她应该死去的。她用微弱的声音在心里喊着：我为什么不死掉？

由于九红在怀孩子时吃了那么多的汤药，孩子生下来时很吓人，皮肤皱皱的，脸黄黄的，体重不到两公斤，感觉就像是一只病猫。九红望着孩子，心痛得哭了，她心碎了。她知道这都是自己做的孽，才使得无辜的孩子在娘胎里就饱受苦难，她想下辈子她就是变牛变马服侍儿子，也无法弥补自己给儿子带来的肉体和精神上的伤害。后来，九红给儿子起了一个名字，叫陈冬松，她希望儿子能够像冬天的青松一样坚韧不拔，一样经得起风霜雨雪的考验。

这场生产差点儿要了九红的命，孩子生下来后又由于产口感染化脓，把她折磨得死去活来。但死里逃生的九红也明白了一个非常简单的道理，她知道陈池龙是想留也留不住了，只有两个孩子才是自己的将来和希望所在，是自己的一切，只要有了孩子，她就已经足够了。在这种情况下，她唯一的希望就是把两个孩子好好地培育成人，让他们少受一些委屈，多一些关爱。除此之外，她别无他求。

这一刻，她心里反倒出奇的平静，她瞒着李氏给陈池龙写了一封回信，她在信里除了表示内疚和自责外，对陈池龙提出要结束这场婚姻的事没有一丝怨言，反而怪陈池龙不该一直优柔寡断，早就该痛下决心。因为她确实是一个道德极端败坏、一点儿也不值得任何男人去爱的女人。九红写好信后几乎没有任何犹豫就把它发出去了。在信中，她告诉陈池龙，在他走后，她又为他生了一个男孩儿，叫陈冬松。

3

年底，部队组织反攻，重新收复失地。这场战斗打得很残酷，一直持续了六天五夜，小日本虽然被赶出了太平，但我军的伤亡也很惨重，大部分受伤的战士只能在医院接受简单的治疗，然后就被安排到当地老百姓的家里继续养伤。

陈池龙在这场战斗中负了重伤，当他被人从战场上抬下来时，身上已经留下了无数个弹片，整个人已经变成了血人，身上一片血糊糊的，很是吓人。医生在他身上取出弹片，打了几天消炎药后就把他送出医院，统一安排到附近的老百姓家里，一边休息，一边继续养伤。

当时的情况是，由于皖南沦陷区的老百姓受尽了小日本的凌辱祸害，苦不堪言，他们恨透了小日本。新四军为他们打跑了敌人，使他们扬眉吐气，老百姓对新四军的热情空前高涨，尽管没有任何的命令和号召，老百姓还是一整家一整家往部队医院跑，抢着把伤病员抬回自己家里看护。陈池龙就是在这种情况下被任雯和她的父亲任裕昌抬到家里的。陈池龙万万没有想到自己会以这种方式再一次来到任家。再说那时他还处于迷迷糊糊的状态，对自己是如何被任雯和她的父亲抬离战地医院，又是如何到了任家的，自己一点儿也不知道。

事后，当陈池龙想起这种安排时显得有点儿得意忘形，他想任雯要是对自己一点儿意思也没有，医院里躺着那么多的伤病员，为什么单单挑自己往家里抬呢？由此陈池龙乐观地推断，任雯是爱自己的，至少，对自己怀有好感。

在以后将近一个多月养伤的日子里，陈池龙得到了任家父女无微不至的精心呵护。陈池龙的伤恢复得出奇的快，无论从精神上还是从身体上，他都感受到一种从未有过的亢奋和闲适，这就使得他有更多的精力用在任雯的身上。

陈池龙是在这场反攻战斗前的一个多月收到九红的回信的。九红的来信似乎没有给他带来太大的感动，他有的只是一种带着一袋行囊去远游，经过长途跋涉，然后到达终点站，卸去包袱后的一身轻松的感觉。至于九红在信里提到已经为他又生了一个男孩儿的事，对他似乎没有多大的触动。

但不管怎么说，他还是很感激九红的通情达理。和九红分手，恰恰为他追求任雯提供了更为充分的借口和理由。也正是因为这样，有时候，他会毫无理由地长时间把目光投在任雯的身上。年轻的任雯在他的注视下显得局促不安，又躲之不得。陈池龙可不管这些，任雯越是这样，他的目光便越放肆大胆起来。他希望任雯时时刻刻都在自己的身边，要是一时半刻见不到任雯，他的心里就会觉得比什么都难受。他想任雯简直想疯了。

一天，他忽然抓住任雯的手说："我要娶你，我要向你父亲提亲。"

任雯尽管早已想到陈池龙迟早会讲这句话，但她仍然感到有点儿突然。她轻轻挣脱陈池龙的手说："我一点儿也不好，你为什么要娶我？"

陈池龙说："我就是要你的这个不好，我真的要向你爹提亲。"

听了这些，任雯就不再作声了。

确实，陈池龙的这些话不是随便说的。他知道，不管怎么说，这件事必须事先征得任裕昌的同意，否则，一切都将无从谈起。

终于，陈池龙选择了一个任雯不在家的日子和任裕昌谈关于他和任雯的事。这倒不是有意要瞒住任雯，而是觉得在任雯面前向任裕昌提起他和她之间的事，实在有点儿难堪。

陈池龙迫切的心情显而易见，他开门见山就说，他曾经有过一次婚姻，但后来散了，他决定要娶任雯。陈池龙在说到他曾经有过的那段婚姻时，说得波澜不惊，说得很平静。他当然不可能说出导致那段婚姻结束的真正原因。他只说那是一段极不愉快的婚姻，一切都是因为婚前没有感情基础造成的，分手也就成为顺理成章的事。

任裕昌听了陈池龙的话，第一个反应倒不是陈池龙有没有过婚史，首先让他感到吃惊的却是陈池龙的直率和坦然。任裕昌问："你真的是那么想的？"

陈池龙说："是的，我已经下定决心要娶她。这绝对不是我的一时冲动，我已经在心里考虑很长一段时间了。"

陈池龙说过这话后，心里有点儿紧张，他急切地注视着任裕昌的表情变化。任裕昌的态度对他来说，简直太重要了。他情不自禁地想，要是任裕昌不同意，那他该怎么办？他可不能失去任雯。他就像一个正在接受审判的因犯一样，急不可待地在等待法官最终的判决结果。他甚至在心里考虑了许多种任裕昌可能做出的反应，比如说行，或者不行，或者考虑考虑，或者暂不表态等。

事实上，陈池龙所有的担心都是多余的。陈池龙对任雯的痴情任裕昌早就有所觉察，只是不说而已。任裕昌是一个进步地主，他并不觉得那有什么不好，自己的女儿如果能够跟一个新四军的营长联姻，那实在不是一件坏事。

任裕昌想到的是，这件事首先得看女儿的态度，如果女儿愿意，他干脆就把这事向陈池龙挑明了；如果女儿没有这个意思，也好让陈池龙尽早断了这个念头，把精力全部用在打鬼子上。事情的结果是，当任裕昌直截了当地向女儿提出这个问题后，女儿既不说同意，也不说不同意。女儿很腼腆，过了一会儿才幽幽地说："爹，这么早你就想把女儿嫁出去了？"

任裕昌说："早嫁晚嫁不都一样，女儿长大了反正都得嫁人。"

任雯一边用手绞着垂在胸前的长长的辫子，一边说："我嫁人了，你怎么办？"

任裕昌说："傻孩子，你还能守在爹身边一辈子不成？"

女儿接着就没话了，长时间一言不发。精明的任裕昌却已经从女儿的态度上感到女儿并不反对这件事。这就好办，他想找一个合适的机会跟陈池龙好好谈谈。没想到陈池龙已经先找他摊牌了。

任裕昌说："你真的喜欢上任雯了？"

陈池龙十分诚恳地说："是的，我说过，我已经考虑很长一段时间了。我现在心里就想着两件事：一是上战场打鬼子；二是娶任雯，我不能没有任雯。"

陈池龙的最后一句话，让任裕昌听了很感动，又很不舒服。陈池龙能够如此爱自己的女儿那当然是一件好事，但问题是日前国难当头，午轻人不想着如何去打日本鬼子，却在这里大谈男女私情，这算什么？

任裕昌明确地告诉陈池龙，他并不反对陈池龙爱上任雯，但认真说起来眼下还不是谈情说爱的时候，放下任雯年龄还小不说，眼下最紧要的事是奋勇杀敌，把日本鬼子赶出中国去，等到了那一天，他会亲自为他们操办婚事的。

这次谈话实际上给陈池龙吃了一颗定心丸。任裕昌虽然没有马上答应陈池龙向任雯求婚的请求，但态度已经非常明朗了。陈池龙喜出望外，他心里非常清楚这将意味着什么。过去因为他和九红的婚姻给他带来的所有不愉快，都将随着他和任雯的结合而被击得烟消云散。他的生活日历将翻开崭新的一页。

陈池龙和任裕昌刚刚结束这场谈话，任雯就回来了。任雯从父亲和陈池龙异样的表情中发现，在她离开家之后的这段时间里，父亲和陈池龙之间发生了什么事，心里不禁感到一阵慌乱。吃晚饭时，她没有像以前那样坐在陈池龙身边，边吃边替陈池龙夹菜，而是往自己的碗里夹了一点儿菜就到一边自个儿吃去了。她甚至连看陈池龙一眼的勇气都没有。

吃过晚饭，大家坐了一阵儿，任裕昌借口说困了，自己先回屋里去了。任裕昌刚走，陈池龙就急切地抓住任雯的手，把她的手紧紧地攥在自己的手心里。他激动地对任雯说："任雯，你知道吗？你爹已经同意了！"

任雯明知故问："我爹同意什么？"

陈池龙说："同意我们的事呀！"

任雯说："你可不要来吓唬我！"

陈池龙觉得任雯在说这句话时显得特别的娇嗔可爱，他一激动就把任雯抱了起来。任雯自从知道事情起，除了自己的父亲外，还从来没被一个男人抱起过，现在突然被陈池龙抱起，觉得非常不习惯，弄得满脸通红。但她越是这样，陈池龙就越是觉得她特可爱，索性把她抱得更紧。

任雯说："快放下我，你快把我抱得喘不过气来了。"

陈池龙只当她在说笑，把她的身体越抱越紧，直至任雯真的有点儿喘不过气来了，陈池龙才不甘不愿地把她放下来。陈池龙痴痴地望着还在一边气喘吁吁的任雯说："等打跑了日本鬼子，我就娶了你。"

任雯笑而不答，过了一会儿，她说："你还没问我到底同意不同意呢！"

任雯这句话说得有点儿撒娇，样子非常可爱。陈池龙最吃不消的就是女人的这一点，一冲动，他又一次把任雯勾了过来，紧紧地搂在了怀里。任雯"咪咪咪"地笑起来，笑得很开心。

这天晚上，他们谈得很晚，谈得很投机。陈池龙告诉任雯，实际上，从他刚刚见到任雯的那一刻起，他就喜欢上了她。任雯说她不信，她究竟好在哪里了，他凭什么要爱她？陈池龙说，你不信也不行，反正他是真心爱她的。

说着笑着，陈池龙有意向任雯问起她对女人贞操问题的看法。任雯也说不出个很鲜明的观点来，而且她羞于跟陈池龙讨论这方面的问题，她只能委婉地告诉陈池龙，她把女人的贞操看得比较重，那是女人的生命，除非对方是自己终身依靠和心爱的人，否则，她不会轻易把自己的身体交给任何一个男人。

任雯这些话不是纯粹为了向陈池龙表白什么，而是在很无意中说出来的。但对于陈池龙，无疑给了他巨大的心理满足和精神安慰。因为无论任雯用怎样的语气来表达这个问题，都说明她对这个原则性的问题有着她自己不可动摇的处世准则。正像她自己所说的那样，那是女人的生命。

通过这次谈话，陈池龙更加有理由确认任雯的纯洁无瑕。而她白玉一般的清白少女之身，是属于他陈池龙的。一想到这一点，他就会激动得浑身战栗。

当然，有时他也会觉得自己在这方面是不是看得太重了，一点儿不符合一个新四军营长的人生观和价值观，一个女人的贞操对他来说真的就那么重要吗？但他不知道要怎么办。在这个问题的处理上，他有时明白，有时糊涂。但有一点他是越来越清楚了，他终于明白，他所恨的人是害了九红的王世吾，而不是九红。九红不过是受害者，害人者是王世吾，是这个万恶的社会。而女人的贞操这时也变得不再重要了，本身只是受害体的一部分。如此一想，任雯对他来说，按部队领导的说法，他们所在意的也只有她地主身份的问题了。也就是说，他已经从女人的贞操观念的怪圈中跳出来了。那确实也不是一个革命者应有的心态。

就在陈池龙正式向任雯提亲的第二天，师里一位领导和团长马超到住有伤病员的老乡家里看望慰问。凭感觉，陈池龙知道自己马上就要离开任家，离开任雯上前线去了。

作为一名军人，敌情就是命令，他为自己就要回到战场跟日本鬼子拼个你死我活，激动得又一次热血沸腾。是的，他不可能因为爱任雯而从此离开战场，那不是一个真正的军人，也不是他陈池龙的作为。他考虑更多的则是怎样让部队同意他和任雯结合，那才是他最头疼的事。

陈池龙本来有意要把这件事隐瞒下来，不向部队汇报。他知道这种事就是说了也是白说，肯定又要招来一顿批评，部队百分之百不会答应。但问题是，这种事是瞒不住的，部队早晚是要知道的。那时，他就会变得很被动，还不如现在就把事情说个明白。事情已经到了这种地步，纸已经包不住火了。再说他和九红已经解除了婚约，部队如果再不能成全他们，那就太没有道理了。

陈池龙的许多想法往往过于天真。部队领导当然不会同意他去追求任雯，并和一个地主的女儿结合，并且对他不经部队领导同意随随便便休掉九红的事更是大为震惊。大敌当前，山河破碎，民族存亡危在旦夕，作为堂堂男子汉，革命军人，心思不放在战场上，却整天在这里闹个人情绪，计较女人有没有处女膜，实在是非常下流可耻的。他们甚至不明白在战场上那么骁勇善战的陈池龙，内心世界怎么会有那样怪诞的想法？真是不可思议！

于是，他们对陈池龙进行了一次非常严肃认真的谈话。他们告诫陈池龙，他的一些想法和做法是非常危险的，如果任其发展下去，不但他过去在战场上所有的功绩将被一笔勾销，而且要犯大错误，那是大家非常不愿意看到的，他们希望陈池龙好好反省自己，迷途知返，把心思放在打鬼子上面去。

从头到尾对这件事感到委屈的只有陈池龙一个人。他觉得部队领导对他的批评过于严厉了。休了九红，没有什么不对，一个死亡的婚姻仍然维系着，本身就是残忍的、不道德的。要说不对，就是事先没有向组织报告；爱上任雯，更没有什么不对，任雯是一个地主的女儿不假，但是一个进步地主的女儿。共产党天天在讲团结一切进步力量共同抗日，现在他却不能和一个进步地主的女儿谈情说爱，本身就是非常可笑的。

要说不对，那就是他谈情说爱的时间选得不是时候，除此之外，任何对他的指责都是不恰当的。

尽管陈池龙心里一百个不服气，但部队领导不能同意他与一个地主的女儿结合已经是不争的事实。部队领导非常严肃地警告他不要整天钻在女人贞操和儿女情长里出不来，共产党员要胸怀大志。陈池龙反口说，你错了，我的人生观、世界观已经彻底改变了，我接下来必须要做的事就是胸怀大志，消灭鬼子，消灭剥削阶级和王世吾那样的土匪。我已经从小我中走了出来。

部队领导说人生观、世界观能改变当然好，他通知陈池龙，前方正有一场恶战在等待着他们，如果他的身体已经恢复健康，就必须无条件立即返回战场，那才是军人的天职。

陈池龙当即表态说，他当然要马上返回战场，只要鬼子一天不消灭，他就不可能离开战场。

这次谈话几乎没有任何结果，部队领导知道和陈池龙这种人谈问题，也不可能一次两次就有结果。果然，领导一走，陈池龙就立即找任家父女做了表白。他信誓旦旦，表示他不会放弃追求任雯、最终跟她结合的权利，除非太阳从西边出来。由于任家父女不知道部队领导跟陈池龙说了些什么，现在听陈池龙这样说，简直弄得他们一头雾水。陈池龙说这话的第二天就回部队去了。

第四章

1

一九四一年一月六日，国民党制造了震惊中外的"皖南事变"，新四军九千余人突遭近十倍于他们的国民党军队的包围，新四军与之浴血奋战七昼夜，军长叶挺被俘，副军长项英遇害，除约两千余人突围外，大部分壮烈牺牲。

陈池龙的部队在这次突围中也遭到重创。大家的情绪难免低落，陈池龙更是整天骂爹骂娘，骂国民党无情无义，是世界上最最卑鄙的小人了，恨不得端上枪跟国民党反动派痛痛快快地干上一场。

一月二十日，中共中央革命军事委员会发布重建新四军军部的命令，华中各抗日根据地的部队被统一整编为七个师，陈毅被任命为新四军代理军长，刘少奇为政治委员。陈池龙原来所在的三团重新被改编划归四旅管了，马超还当团长，陈池龙仍然任二营副营长。

在那段时间里，陈池龙随部队一直在皖南一带运动作战，大大小小打了二十多仗，但心里依然放不下任雯。他的文化程度不高，写一封信要花大半天时间，但在战斗间隙，他除了给任雯写信外，其余的时间他几乎没事可做，觉得时间过得很慢、很无聊，于是回过头来又给任雯写信。陈池龙也考虑到，战争环境那样恶劣，他所发出去的信，任雯并不一定能够收到，但他还是不厌其烦地写，不厌其烦地寄。

在寄给任雯的信中，他一点儿也不想隐瞒自己对任雯的爱慕和思念。同时，他信誓旦旦地向任雯表白，等把日本鬼子赶出了中国，他就跟她结婚，那是谁也阻挡不了的。他可不在乎部队领导同意不同意。同意了，当然更好；不同意嘛，等打跑日本鬼子，然后回闽中再把王世吾收拾了，他就索性解甲归田当农民去。那时就由不得部队同意不同意了，一切由他自己说了算。

陈池龙把未来的一切都想象得很美好，好像那一天明天就要到来一样。陈池龙眼前最盼望的事是能够天天有仗打，早一天把日本鬼子赶出中国。可问题是部队不可能每天都有仗打，部队得有待命和休整的时间。而陈池龙最怕的就是待命和休整了。

一休整准得上革命理论课，那是陈池龙最头痛、最受不了的一件事。每次上课，都是团长、政委亲自讲社会发展史、哲学、辩证唯物主义。全团只有马超一人是大学毕业，参加革命前在中学教书，学识渊博，水平高。团里其他干部战士都是工农出身，文化水平都不高。按道理说马超讲起课来有难度，但他能把自己要讲的课译成工农语言，讲得轻松幽默。

马超讲社会发展史，他不是从猿猴变人说起，而是从地球产生讲起。他说地球是天空中气体凝结而成的，开始是一个火球，经过不知多少年火灭壳冷，在长期过程中不断变化，外壳腐蚀化成土，有水，有气候变化就能够下雨，有雨水之后，地球上动、植物就在水中产生。这是有事实根据的研究判断，是唯物主义的。反驳了盘古开天辟地、女娲补天之类的唯心论。地球一开始水里生出来如水藻之类的既不是动物也不是植物的物体，经过一段时间演化成两类：一类是动物，即那种很细很细的爬虫之类，经过一段时间，逐渐长大，进化成有脊椎的高级爬虫，各类动物从此分化发展起来；一类变成青苔类，又逐步演变成细微的小草，再逐步演变成草本和木本两类植物。类人猿是动物中的一类。人与动物的区别在于，人能够站起来行走，而动物只能趴在地上四脚爬行。加之人的脑力活动，人就有能力改变环境改善生活。动物却只能适应生活，不能改善和创造生活。

讲到共产主义，马超说共产主义社会是最高级的社会，也是最后一个社会形态，在此之后再没有别的什么社会了。在共产主义社会，实行生产资料公有制、生产劳动集体化，按需分配，人人平等，没有国家。但共产主义初期叫社会主义，因是从资本主义社会中产生出来的，一定带有旧社会的痕迹，阶级不存在了，但阶级意识、剥削思想还存在；人压迫人的制度不存在了，但大欺小、强欺弱的不平等意识和行为还存在。阶级社会的残余需要相当长的时间才能消除。改造制度不用太长的时间，但改造人的思想意识需要几代人的努力才能慢慢地完成。所以共产主义社会初期叫社会主义，也就还有国家、军队、监狱、人民民主专政来管束一部分人的不法行为。社会主义社会向共产主义社会转化是不以人们主观意志为转移的，资本主义生产越发展，生产组织越来越大、越来越集中，一个工厂可以有几万工人，财富却集中在少数人身上。财富越多，富人越少，穷人越多。又如农村，贫苦农民很多，地主老财却很少，这就是资本主义社会内在的致命矛盾。发展程度越高，矛盾就会越深越大。到了成熟时期，农民起来把地主老财的财富转化为农民们的共有财富，工人起来把社会上的私有财富转化为公有财富，就是共产主义了。人往高处走，水往低处流，所以人类社会一个高过一个。奴隶社会高于原始共产主义社会，封建主义社会高于奴隶主义社会，资本主义社会高于封建主义社会，社会主义社会高于资本主义社会，共产主义社会高于社会主义社会等。不管你相信或是不相信，社会进化的轨迹就是这样发展的。

马超讲唯物辩证法，引导大家对事物的认识。一开始就说世界是物质的，这是唯物主义者的主张；说世界是精神的，这是唯心主义者的主张。唯心主义者对于天地这个世界是否存在的看法是，你的头脑得先想一想这天地存在着，那样天地就存在了；想没有，天地就不存在了。马超说，这是十足的唯心主义。唯物主义者却认为，天地世界是我们头脑以外客观存在的东西，你想与不想它都存在，而且永远存在着，不以人的意志为转移的，这就是唯物主义者。

大家在讨论这个问题时，偏离了主题，提到世间有没有神魔鬼怪方面去了，有的说有，有的说没有，争论不休。马超要大家认真讨论，大胆发言，不要怕说错受批评，最后索性把部队分成两个组，一组科学派，一组迷信派。迷信派提出鬼神迷信的现象，科学派用科学反驳和解释。科学派的组长不用选就有人抢着当，迷信派的组长却没人敢当，怕被人家抓住思想落后的把柄，推来推去推给了陈池龙。

陈池龙对政治不感兴趣，一听马超讲课就想睡觉，但说到神鬼时就不一样了，眼睛发亮。虽然他并不相信神鬼，但总觉得讨论这类问题有点儿意思，并且他说出了自己过去曾经亲身经历过的一个有关神鬼的事。

陈池龙说："在我小的时候，曾经跟爷爷干过几年道士。道士干的是鬼神事，谁家有人在外地死了，其家属就请道士在村口设坛招魂。方法是，茶杯粗的竹竿一根，然后在每个竹节上挂死者衣服一件，竹竿头托在碗底上，然后由我一人扶住。作法时，竹竿便会随锣鼓声抖动，继而旋转，且越转越快，好像竹竿顶上有人，竿尾被压将下来，几乎要贴到地面去了。这时，爷爷停锣息鼓，对竹竿说话：'敢问某某魂灵，如你已上竹竿，请倒转三圈。'话音刚落，竹竿果然很听话似的倒转三圈，一点儿不差。爷爷接着让它参拜三清教主。竹竿于是又很听话地转到坛前，竿尾冲三清教主连点三下，算是磕了三个响头。若让它再认孝男，竿尾便会转到死者儿子面前连点三下。最后让它找熟人、朋友，凡认识的人都找个遍。于是竿尾像听懂人话似的挨个儿找着，找到后照样连点三下。大家便都相信某某魂灵真的回来了，全场于是号声一片。"

陈池龙说："我是共产党员，对党不讲假话，我敢保证我讲的全是事实，没有丝毫的夸张。我不是魔术师，也没有耍魔术骗钱。虽然连我自己都不相信神鬼会在竿上动作，可它又实实在在地在那里动作。如果问我有什么法术，我说没有。学道时，爷爷并没有传授给我什么法术，我只是按祖传下来的一本道书照样画葫芦而已。我讲这个问题，不是想在此显示我有什么本事，也不是想证明世间真的有鬼存在。我只是把这件事提出来让大家一起来研究分析，共同把这个谜底解开。希望大家不要误解了我的意思。"

尽管陈池龙一再解释，还是有人误解了，说陈池龙在传播迷信思想。尤其是马超，他本来就对陈池龙平时的一些想法很是担心，现在陈池龙又在无意中暴露了自己的思想，这让他深刻地感到陈池龙的思想问题已经到了相当严重的地步。于是他公开在会上宣布要大家好好帮助陈池龙，否则陈池龙早晚有一天会犯大错误。

陈池龙认为，他只不过把自己经历过的说了一遍，没想到马超却当真了，要组织大家对他的思想进行批判。于是陈池龙被惹恼了，他说："你们爱怎么批判就怎么批判吧，再批判我还是那样说，我可不能把明明存在的东西说成没有。"

这段时间，几乎是陈池龙最痛苦的日子。在部队里，他几乎天天都要接受大家的帮助和批评。陈池龙于是抱定一个准则，惹不起，躲总可以吧，无论大家如何批他，他干脆就不吭声。他的不吭声，实际上也是一种策略，大家也就拿他没有办法了。

陈池龙专心做自己的事，继续不断地给任雯写信。慢慢地，陈池龙也觉出事情的不妙来，心里想再怎么着任雯总不至于连一封信都没收到吧！这中间只有两种可能，要么任雯变心了，要么就是任雯出了什么意外。而这两种可能无论是哪一种，几乎都可以让他陈池龙急得发疯。

2

在陈池龙对任雯越发疯狂思念、不停地给任雯写信的时候，任雯参加了战地救护队，成为一名年轻的救护队员。陈池龙像雪片一般飞向她的信，她一封也没有收到。

实际上，就在陈池龙离开任家不久，皖南前线就全面吃紧起来，抗日战争已经到了非常紧要的关头。母亲送儿上前线，妻子送郎去当新四军，各根据地掀起了支援前线的高潮，一批又一批的抗日志士奔赴前线奋勇杀敌去了。任雯和陈池龙的关系虽然还没完全确定下来，但毕竟已经有那么一回事了。支援前方的动员令刚下来，任雯便第一批报名要求上前线，成了一名年轻的新四军女战士。

根据部队的安排，任雯被分在后方临时医院，负责重伤员的救护和转移。后方临时医院设在老人仓一带，任雯的任务就是负责把重伤员在前线做一些简单的处理后送到老人仓。

那时候，前线打得非常激烈，一仗下来，就有数不清的战士牺牲，有数不清的战士负伤从战场上被抬下来，送进后方临时医院。任雯本来想在前线或许能够碰见陈池龙，她一个一个地认真辨认那些从战场上抬下来的重伤员，她希望在他们中间能够看到那张她所熟悉的面孔。但同时她心里又非常矛盾和害怕，她不希望那种愿望成为现实。因为那样太残酷了。她实在不愿意再一次看到陈池龙躺在担架上被人抬着。

任雯一次又一次向从战场上下来的战士打听陈池龙的消息，问他们认不认识一个叫陈池龙的人，她十分认真地向他们描述着陈池龙的特征：个儿高高的，黑黑的，普通话讲得一点儿也不好，还夹杂着一口浓重的闽中腔。

当被问的战士回答说不知道有这么一个人时，任雯便流露出深深的忧虑和失望，心里想她该到哪里去找陈池龙呢？虽然她也听说陈池龙原先所在的三团已经改编划归四旅管了。可偌大的一个皖南战场，她上哪儿去找陈池龙所在的二营呢？

救护队里有一个和任雯一起入伍的太平县老乡，叫刘香兰。因为刘香兰比任雯年长两岁，所以她就处处把任雯当小妹妹看。刘香兰知道任雯和陈池龙的那段经历，一边劝任雯把心放宽点儿，一边也在帮任雯打听陈池龙的下落。她对任雯说："说不定这场仗打完了，你就能跟陈池龙见面了。"

任雯没想到自己的心事会被别人看出来，忙说她才不想他呢！刘香兰并不想继续跟她说下去，只说："等把日本鬼子赶出中国就好了。"

任雯心里想的其实跟刘香兰是一样的，她想只要把日本鬼子赶出中国，她就可以见到陈池龙了。

终于有一天，任雯没有当班，她正好在宿舍里休息。刘香兰急急忙忙找到她，告诉她刚刚从前线护送一个重伤员下来，路上她问过他了，那人不是别人，就是陈池龙。任雯没有一点儿思想准备，心里慌乱得不行，忙说："你真的见到他了？"

刘香兰点点头说："是的。"

任雯说："你没看错，真的是他？"

刘香兰说："个儿高高的，黑黑的，讲一口浓重的闽中话，他说他就叫陈池龙。"

任雯急问："他现在在哪儿？"

刘香兰说："就在医院里。"

这句话把任雯说得眼泪"吧嗒"就滚了下来，撒腿就朝医院方向跑去。她想不到她所担心的事情真的发生了。她心里说，陈池龙，难道我们非得以这种方式见面吗？

任雯没有想到生活和她开了一个小小的玩笑。躺在医院里的那个人并不是陈池龙，而是陈池龙的一个老乡，叫程子荣。他的右小腿骨被一颗飞弹打断了，此刻正躺在床上，人却清醒着。任雯去的时候，护士正在给他上床牌，上面写着几个字：6号，程子荣。任雯的眼珠子一下子定住了，呆呆地站在那里。她什么都明白了，福建人舌头硬，咬音咬不准，发音时，陈池龙和程子荣差不多。再说刘香兰也是个马大哈，竟把程子荣听成陈池龙了。任雯说不上是一种什么样的心情，心里想自己刚才还好比较克制，要是当场出丑那才丢人现眼呢！

转身走出护理房的时候，刚好碰见刘香兰也赶来了，刘香兰说："见过他了？"

任雯说："见过了。"

刘香兰说："那干吗才见面就走了？"

任雯笑了笑："还干吗？你差点儿让我在那儿出洋相了！"

刘香兰叫了起来说："怎么，他不是陈池龙？他明明告诉我他叫陈池龙呢。"

任雯说："他要真的是陈池龙，我为什么还要骗你？"

没有找到陈池龙，成了任雯的心病。那些日子里，她在夜里老做梦，一梦就梦见陈池龙。梦里陈池龙血淋淋地躺在战场上，身上有数不清的弹孔，鲜血像泉水一样汩汩地流向体外，身上的衣衫全被鲜血染红了浸透了，一副欲死不死的样子，嘴里却还在不停地呼唤着她的名字。任雯每次都是在噩梦中惊醒过来，吓出一身冷汗。她不知道这究竟是一种预兆或是某种暗示，她始终被这种担心的阴影笼罩着。

有一天，任雯终于向刘香兰说出自己的担心。她说："我真的担心陈池龙出了什么意外，否则的话，我不应该见不到他呀！"

刘香兰说："你又在说胡话了！你这样天天想着他，别自己想出病来了。"

任雯想了想说："我再也不去想他了。"

任雯嘴上那样说，但在心里还是记挂着陈池龙，她惆怅且忧郁。从心里说，她对陈池龙的印象并不深，甚至连陈池龙的长相她都还没敢认真地看过一次，陈池龙留给她的印象模糊而且抽象，但她就是没法儿不去想陈池龙。她甚至不在乎陈池龙有过一次婚姻的经历，也不在乎陈池龙对女人那种近乎苛刻和病态的要求。所有那些对她来说一点儿也不重要，重要的是她非常看重陈池龙对她的感情。一个男人能够为自己心爱的女人而不顾一切，光这一点她就没法儿不去想他。和陈池龙一样，在她的心里，她只觉得陈池龙对她很重要，她不能没有陈池龙，如果要让她不去想他，那实在是自欺欺人。

任雯并没有因为找不到陈池龙而影响自己的工作热情。她仍然不顾一切地在战地和后方医院之间奔跑不停。那些意味着死神请柬的弹片在她的身前身后上下飞舞，划出一道道色彩艳丽的弧线，面对着这样的环境，她竟然面无惧色。一发炮弹就是这样在她的身边炸开的，差点儿夺去了她年轻的生命。

那个时候，天上正飘舞着漫天的雪花，晶莹剔透，像一朵朵飞舞的鹅毛。一九四一年的冬天好像特别的冷，已经闹不清这是入冬以来下的第几场雪了，原野上到处白茫茫一片。年轻的救护队员任雯，那时正和刘香兰一起往后方医院护送一名重伤员。当那枚罪恶的炮弹在她的身边爆炸过后，人们看到她的身子刚好扑在那个躺在担架里的伤员身上。随之，人们看到鲜血一串串地从任雯的身上流下来，淌在了那位伤员的身上，然后浸透在雪地里。不一会儿，白茫茫的雪地便被染出红红的一大片，鲜艳如花。好在任雯伤的不是要害，在后方医院里治疗了一个月后，就被送回太平县老家养伤去了。

3

那一段时间陈池龙的心情一直很浮躁。战斗打打停停，停停打打，那是最让他头疼不过的事了。战斗怎能那样打呢？要打就一鼓作气，把小日本打他个稀巴烂赶出中国算了，这样没完没了的，什么时候才能结束这场战争呢？

而最让陈池龙受不了的还是部队里组织的理论学习了，那简直是让他活受罪，但理论学习还是逃不掉的。战斗一停下来，每天面对的仍然是那些枯燥无味的政治学习。

自上次在政治学习时陈池龙讲了那些有关鬼神问题的看法后，陈池龙的思想就一直被当作传播神鬼言论而受到大家的批评，动不动大家就把那个话题当作一道永远吃不完的菜端上来进行批判。部队里从当官的到当兵的，上上下下几乎一起对陈池龙的错误言论开展耐心的教育和帮助。好在陈池龙对大家的热烈反应并不在乎，一直保持低调，一门心思放在任雯为什么不给他回信的事情上。否则，他不可能不做出回应的。

陈池龙在战场上的英勇善战早已成了无可争辩的事实。陈池龙在生活上的缺点错误却同样是和尚头上的虱子——突出明了、显而易见。他的优点很突出，他的缺点也同样很突出。这样一来，陈池龙就成了一个相当有争议的人物，大家很难用一两句话对他下结论。当然，部队领导对陈池龙的优、缺点还是进行了三七开：七分优点，三分缺点。

马超笑着问："你对部队上给你的这个开法有意见吗？"

陈池龙说："没意见。"又说，"其实，部队领导是抬举我了，我自己身上的毛病我知道，正确的开法应该是倒三七，三分优点，七分缺点。"

马超说："那是你自己说的，我们可不这么认为。"

陈池龙便不再说话了，心里就想，你爱怎么说就怎么说吧！

陈池龙觉得自己天天像一个小孩子一样受到部队领导的教训，心里别提有多憋气了。他认为，不管是过去在闽中，还是眼下在皖南，部队领导对他的问题或许过于严重化、复杂化。动不动就给他上纲上线，把问题上升到另外一种高度，那是最让他吃不消的。过于在意女人的贞操问题，或许是自己的不对，但是事情过去，改正了也就没有什么了，干吗要耿耿于怀、穷打猛追呢？

后来，不知是谁把陈池龙关于嫌弃结发妻子并把她休掉，决定娶一个地主的女儿做妻子的事在部队里传开来。那些原先对陈池龙的事持中立态度的人，这下也倒向一边了，认为陈池龙的思想品质存在着严重的问题，并公开对他的错误思想进行谴责。

在大家集束式炸弹一样的狂轰滥炸下，陈池龙显得非常孤单和无助。有时，陈池龙也会一个人躲在一个地方静静地思考着这个问题，想想自己究竟是不是太过分了，是不是头脑过于发热了。

陈池龙有时也会找部队里的一些干部、战士闲扯，问他们难道真的一点儿也不在乎女人的贞操问题吗？被他问到的干部、战士往往很为难，谁也把握不准该如何回答这类问题。但有一点大家是一致的，都认为陈池龙在处理这个问题上太过于公开招摇，显山露水了。有些事情只能在心里想，甚至可以想得发疯，并且不声不响地去做了，但嘴上就是不能说出来，更不能拿到桌面上去说，一说就俗了，就有人说话，有人指责了。要做的未必要说，能说的未必想做，事情就这么简单。但遗憾的是陈池龙把想做但是不能拿出来说的给说了，遭到大家的反对也就在所难免了。陈池龙有些生气，他说：“所以我也认为我错了，我改还不行吗？为什么大家还抓住我不放？”

而且，他吃惊地发现，当大家纷纷指责他思想封建，一点儿也不像一个共产党员时，大家的语气和表情几乎是一模一样的，都表现出一种令人不可理解的一本正经，甚至共同把他当作一只怪异的动物去看待。陈池龙便在心里为这件事伤感着。因为他突然发现，他的身边竟然没有一个支持者。

心有不甘的陈池龙索性去找马超闹情绪，他对马超说：“大家既然都那么反对我，说明我已经不可救药了，干脆把我从部队里清除出去算了。”

马超对陈池龙这句话很反感，他说：“什么叫干脆从部队里清除出去呢？这不明摆着对大家正确的意见和批评有抵触吗？”又说，“你不要以为大家把你的事情说重了，要是再往前走一步，你真的就很危险了。”

一个月后，部队跟日本鬼子又打了一仗。这一仗打得很残酷，部队伤亡严重。团长马超在这场战斗中也负了重伤，被送到老人仓的后方医院治疗。战斗结束后，陈池龙去医院看望马超时，马超的伤势已经有所好转。陈池龙去时特意带了一些水果和马超平时喜欢吃的东西，马超有点儿被陈池龙的举动感动了。

马超想起前些日子自己对他的批评是有点儿太凶了，这下反而有点儿过意不去。他对陈池龙说："你什么都好，就是那个花花肠子怎么也改不过来，要是能改过来就好了。你为什么就不能想想办法改一改呢？反正我马超是下定决心不把你的那个怪毛病改过来，我是不罢休的！"

陈池龙笑说："要是能改过来，你这个团长让我当。"

马超说："当然，团长又不是只有我马超才能当的。"

陈池龙想想也对，心里却说，我陈池龙只要活得舒舒服服、自由自在，谁还当你那个鸟团长？反过来说，要是当了你的团长，结果什么话也不能说，什么事也不能做，还不如当个平民百姓的好。陈池龙一脸严肃地对马超说："团长，关于女人贞操的事我从此不再说了，天天纠缠那个事确实太低级趣味，但我和任雯的事你们得答应我。我要娶她。"

马超眼睛一瞪说："你说那个地主女儿呀？"

陈池龙说："什么地主女儿，人家是进步地主。天天支援革命你们没看见吗？你这话让人听了心里不爽！"

就在陈池龙和马超你一句我一句进行理论的时候，病房里已经有一个人开始悄悄地注意上了陈池龙。那个人就是任雯的好朋友刘香兰。

实际上，当陈池龙一迈进病房的时候，他那乌黑的脸庞、高高的个头首先就引起了刘香兰的注意。后来，听陈池龙用非常难听懂的闽中土话跟马超交谈，刘香兰就更加确认站在眼前的这个黑大个儿就是任雯日思夜盼的陈池龙了。

马超负伤住院后，刘香兰一直负责马超的护理工作，但她想不到马超就是陈池龙的领导，更不会想到陈池龙这下就站在她的眼前，心里想这会儿要是任雯在，心里该会多高兴呀！

刘香兰是在陈池龙走出医院，打算回部队时叫住他并告诉他有关任雯的消息的。陈池龙非常吃惊，他忘情地久久地抓住刘香兰的手，一口气连连问刘香兰她所说的一切到底是真是假，弄得刘香兰都有些不好意思起来，赶紧把自己被他攥住的手抽了回来。

心直口快的刘香兰完全站在任雯的角度上，她对陈池龙不负责任的态度进行了尖刻的指责。她指责陈池龙不该那样不负责任，一走就把什么都给忘了，那么长时间也不跟任雯联系，让任雯心里想得好苦，并指责陈池龙在对待两性的问题上太过于随便了，见一个爱一个，见异思迁，不然的话不可能家里已经有老婆了，还把人家甩掉，恬不知耻穷追任雯。如今一离开任雯就又把人家给忘了，说不定是又看上什么人了。任雯真的是瞎了眼！怎么会看上他这种卑鄙小人？

陈池龙则叫苦不迭。他告诉刘香兰说他才冤呢！寄出去那么多封信，却连一点儿消息也没有。这能说是他的错吗？看来我们俩谁都没有错，都是日本鬼子给害的！

陈池龙十分诚恳地解释，自己对任雯的追求那是任何人也阻挡和改变不了的。否则的话，他就不会因为任雯而接二连三地受到部队领导的批评和警告了。

这次见面，刘香兰除了指责陈池龙的薄情寡义外，还给陈池龙讲了许多关于任雯的事。陈池龙越听越感动，越听越无法控制自己对任雯的思念，他仿佛看到了因为思念而变得日益憔悴的任雯，这会儿正坐在自家门口，一边思念自己，一边独自垂泪。陈池龙就在心里喃喃自责：任雯，是我把你给害惨了！

几天后，随着战斗的告一段落，陈池龙与部队不辞而别，一个人直奔太平找任雯去了。老人仓属定远管，离太平有数百里路程，陈池龙这一走，实际上又犯了一个更为严重的错误。

4

　　世界上的许多事情原本就是阴错阳差，让人哭笑不得的。就在陈池龙急急忙忙往太平赶的时候，任雯所在的部队刚好有一部车到太平办事，归队心切的任雯伤还没有痊愈就匆匆忙忙搭车赶回部队去了，正好与来太平寻觅爱情的陈池龙擦肩而过，这是陈池龙始料不及的。

　　事实上，依照任雯的伤势，她起码得在家里再调养十天半月。但问题是，任雯就连一天也待不下去了，她心里实在太牵挂陈池龙了。一天不找到陈池龙，她就一天安不下心来。陈池龙对她来说，已经比她的生命更为重要。这样一来，反倒弄巧成拙，失去了一次相当重要的见面机会。退一步讲，她要是晚一天走，或者要是部队的车没来，情况当然又是另外一种局面了。

　　陈池龙到达太平任家的时候，已经是傍晚时分。刚要吃晚饭的任裕昌对陈池龙的到来感到突然，以为陈池龙的部队又回到了太平。但当事实证明陈池龙是专门为爱而来，而且连向部队领导招呼都不打一声，就直奔太平而来时，他以一个长者的身份大骂陈池龙简直乱弹琴，头脑再发昏也不能发昏到这种地步。实在是太过分了！国难当头，任何个人的事情都可以放在一边，更何况儿女情长呢！

　　事实上，到现在为止，任裕昌包括任雯都还不知道陈池龙和结发妻子分手的真正原因。否则的话，陈池龙在任裕昌的眼里将会变得一文不值。尽管如此，陈池龙的激进行为已经引起了任裕昌的反感。他非常不客气地批评陈池龙的思想觉悟简直还不如他一个地主，如果继续头脑发热的话，他的女儿将不会嫁给他。因为要是他继续这样下去，日后是不可能有大出息的！

任裕昌说得很激动，几乎骂得陈池龙体无完肤。以他一个地主的身份去骂一个新四军的营长，实在有点儿滑稽可笑。但在任裕昌不加掩饰的指责中，陈池龙才开始意识到自己确实是太过分了。不管怎么说现在还没到谈情说爱的时候，眼前大家所关心的是抗日打鬼子，而自己老是钻进个人情感的死胡同里不肯出来，受到大家的指责也就在所难免了。陈池龙忽然觉得自己的行为非常的可耻。他当即向任裕昌表示，除非把日本鬼子赶出中国，否则，他绝不会再踏进任家一步。

陈池龙回到了部队。大家看陈池龙回来了，欣喜万分，问他这几天都上哪儿去了。陈池龙不说，大家便不敢再问。过了好一阵子，营长轻轻拍了拍陈池龙的肩膀，把他叫到一边，小声说："你也真是的，都上哪儿了？把大家都给急死了！"又说，"你上团长那儿去吧，团长找你。"

陈池龙心里"咯噔"一下，知道这下完了，团长找他必然没什么好事。

团长似乎早就知道了陈池龙这次离队的原因，但他并没有像过去那样，冲着陈池龙大发雷霆。他知道像陈池龙那样的人，你就是发再大的脾气也没用。他显得很平静。他告诉陈池龙，对陈池龙擅自离队的事，团里已经向师里做了报告。现在关键是陈池龙对这件事要有一个深刻的认识，并写出书面检讨，然后让全团战士集体批评他、帮助他。至于最后的处理结果，要看他对这件事的认识态度如何，再做决定。

陈池龙这回知道自己错了，也不敢嘴硬，老老实实答应去写检讨。

才上过三年私塾的陈池龙，这回却出人意料地表现出极大的文字天赋，他关禁闭似的把自己关在一间屋子里一天一夜后，竟然捧出了一份长达几千字的检讨书。他从自己离开部队写起，一直写到自己的目无组织纪律，以及自己所做的一切将给部队其他战士带来的不良影响。陈池龙非常清楚，事情已经到了这个份儿上，要是再不诚恳一点儿，恐怕很难过得了这一关。当然，对于一些实质性的要害问题，比如自己此行的动机、目的以及灵魂深处的东西，他只字不提。

陈池龙并没有低估事情的严重性。在没有战斗的空隙里，大家没有仗打，没有事情可做，全团上下就都把火力集中在陈池龙一个人的身上，就差没把陈池龙当作小日本看待了。从团里开始，到下面各营、连、排，陈池龙一次又一次做着检讨，一次又一次接受大家的批评和帮助。到后来，连当初下定决心要在这件事上认孙子的陈池龙，也失去了原先的耐性，窝着一肚子火。他从骨子里就是想不通，不就是离开部队几天时间吗？又没有影响打仗、打鬼子，更没有给部队造成什么损失，凭什么把问题扩大化、严重化？实在是上纲上线，把耗子当老虎打了。

陈池龙挨了团里的批评，回到营里就跟战士们发脾气，动不动就跟他们拍桌子、瞪眼珠子。战士们吓坏了，都不敢去惹他。也有性格倔的、胆子大的，故意跟他顶牛，说："陈池龙，你跟我们耍什么威风，要不了几天，你这个副营长也要被撤了！"

陈池龙听了，觉得受到了天大的侮辱，他吼了起来，说："你再胡说八道，看我不一枪崩了你！"

但事实是，陈池龙的命运被那个战士不幸言中了。几天后，部队除了给陈池龙党内警告处分外，还真的宣布免去陈池龙副营长的职务，几乎一撸到底，只给留了一个排长的职务。

对部队的决定陈池龙似乎早有预感，所以他一点儿也不觉得突然。因此他的内心也很平静，他想只要让他继续留在部队，就什么都不怕，就可以继续打鬼子，将来还可以打回闽中老家，找王世吾那个老浑蛋算账。

至于副营长的职位被撸掉，那实在算不了什么。他觉得自己本来就不是当官的料，那个官本来就不应该属于他的。撸掉就撸掉，不值得为那事耿耿于怀。两天后，他在给任雯的一封信里这样写道：

　　任雯，我的傻丫头！我的最爱！你完全无法想象我有多爱你、多想你。为了能和你见上一面，我违反部队的纪律，一个人直奔你的家乡找你去了。为此，我挨了你父亲的一顿臭骂，老人家对这件事非常气愤。他骂我简直昏了头！因为这事，我还受到部队的严厉批评和处分，连职务都被撸了！但我并不后悔，为了你，我什么都可以放弃。最让我感到失望的是这次仍然未能见到你。你为什么就不能在家里多待一天半天呢？哪怕多待几个小时，我们就可以见上面了。老天为什么总是喜欢捉弄我们，跟我们过不去呢？你不知道我在心里有多想你，简直快要发疯了！你的战友刘香兰实在是在胡说八道！说我已经把你给忘了。这怎么可能呢？你是我的生命，我的一切。没有你，我也就什么都完了。我说的全是心里话。任雯，我的傻丫头！我不知道你现在到底在哪里，如果可能，我还要去找你。哪怕最后把这个小排长都拿掉也没什么了不起……

　　当陈池龙的信几经辗转交到任雯手里时，已经是一个月以后的事了。

　　任雯拖着没有痊愈的身子回到后方医院后，就听刘香兰说起陈池龙的事。这下读着陈池龙的信，她激动得大哭了一场。她想不到陈池龙竟然是一个如此痴情的男人，爱她爱到近乎发狂的地步。

　　陈池龙越是这样，她就越觉得自己欠陈池龙太多。甚至觉得自己一个普普通通的女子，特别是作为一个地主的女儿，完全不值得陈池龙那样去爱，陈池龙其实是在抬举她。她当即给陈池龙回了一封长信，信中充满了一个年轻女子所特有的柔情蜜意和对陈池龙的深深思念之情。她让陈池龙不要再干那种傻事，不要再到处找她了。她在信中勉励陈池龙安心于部队，奋勇杀敌人，等把日本鬼子赶出了中国，他们自然就有见面的那一天。那时，谁也没有办法把他们分开了。

第五章

1

一九四二年五月，皖北地区的日伪军频繁调动，种种迹象表明，日伪正在准备对皖南抗日根据地进行大规模的扫荡。那时的形势是，随着日本的不宣而战，偷袭美国珍珠港成功，太平洋战争爆发了。几乎同时，德国和意大利向美国宣战，美国变为参战国。日本内阁被这局部的胜利冲昏头脑，认为主宰世界的日子为时不远了，便加紧步伐在各地组织大规模的扫荡。

在短短的几个月里，新四军与日伪军激战无数。在严酷的战争环境中，陈池龙暂时没有时间去想个人的事。他依然像过去那样英勇杀敌，无所畏惧。难怪团长马超会对陈池龙做出这样的评价。他说："完美的苍蝇终归是苍蝇，有缺点的战士永远是战士，陈池龙身上要是没有那些缺点，就是一个再完美不过的战士了。"

但没有问题那是根本不可能的事，陈池龙身上的缺点和毛病怎么教育就是改不了，就像鼻子已经长在了他的脸上不会掉下来一样。只要战斗一有空隙，他就会很自然地去想那个皖南姑娘任雯，想她眼下到底在哪里。他已经有几个月没有收到任雯的回信了，他也不知道他寄给她的信她到底有没有收到。

陈池龙恨不得自己能变成一只鸟，来去自由，想飞去哪里就飞去哪里。那样，他就可以不费吹灰之力找到他的任雯了。可惜他不是一只鸟，他是一名新四军战士，一名共产党员。他的一举一动，连什么话该讲、什么话不该讲都有纪律约束，由不得自己。陈池龙只得把自己对任雯的思念之情变成炽热滚烫的文字，然后雪片般向任雯飞去，向任雯倾诉自己对她的思念之情。也不管任雯能不能看到他的信，他觉得只有这样做了，他的心才能稍稍平静下来。

在那段时间里，连陈池龙自己都不知道究竟给任雯写了多少封信，更不知道自己究竟从哪儿来的那么多激情，如排山倒海一般，简直要把他自己给摧毁了。他一直弄不明白，自己给任雯寄了那么多的信，怎么一封也不见回？难道这些日子以来自己寄给任雯的那些信全部打水漂了？否则的话，任雯收到他的信后，不可能不给回呀！

陈池龙终于发现了一个秘密：他寄给任雯的那些信件以及任雯寄给他的所有信件全部让团部的通讯员给截留了！那是他去团里办事时偶然在通讯员那里发现的。他为自己的发现感到无比的震惊和愤怒，气得他一把揪住通讯员的胸口，要通讯员给他一个解释。通讯员被他的举动吓得脸色发青，嗫嚅了半天，最后才说这事不能怪他，是团长马超让他这样做的。陈池龙听了更是火冒三丈，冲着通讯员当胸就是一拳，然后转身跑去找团长了。

陈池龙说："你连一个战士最起码的通信权利都给剥夺了，你太过分了！"

马超说："陈池龙，你别激动，在处理你的问题上，部队当然有欠妥的地方，但那都是出于对党、对革命包括对你个人认真负责考虑的。你想想看，如果部队的每个战士都像你一样，每天没完没了地情书来情书去的，那还要不要打仗？还能把日本鬼子赶出中国吗？"

陈池龙不服气地说："可是我并没有因为写了情书而影响打小日本啊！你怎么可以睁着眼睛说瞎话呢？"

马超大小也是一个团长，并且是一个自尊心极强的人，当着众人的面被陈池龙反驳，心里自然很难堪。他几乎是大发雷霆地说道："正因为你没有影响打小日本，组织上才对你一让再让，否则的话，早就把你赶出部队了。你根本就不配当一名新四军战士！"

陈池龙听到这里，牛脾气又上来了。他一跳老高，说："你以为我稀罕是不是？大不了我不干了，回家种我的地去，也不要受你这个鸟气！"

陈池龙窝着满肚子火回到了住处，可一看到那一大摞任雯的来信，他的气就消了。在任雯面前，团长扣压信件给他带来的所有不愉快已经变得一点儿也不重要了，重要的是他终于盼来了任雯的来信。他一封一封读着任雯写给自己的信，每读一封，陈池龙都被任雯诚挚的真情以及对他深深的牵挂感动着。他数着任雯给他的来信，发现几乎每隔两三天，任雯就给他写一封，最后一封信是半个月前写的。可以看出，任雯因一直不见陈池龙的音信而变得极端的焦虑和不安。她在信里这样写道：

　　大陈，我的傻大个儿！你到底在哪里呢？我都给你写了那么多封信，怎么连一封也不见你回呢？真担心你出了什么事情。听从前线回来的人说，这些日子你们仗打得很苦，很艰难。一听到这样的消息，我就手脚冰凉，紧张得不行。你知道吗？子弹是不长眼睛的，我真担心你有个万一，那是我连想都不敢去想的。有时，我会相当恶毒地想，要是从前线抬下来的伤员里有你就好了，那样我们就可以见面了。可是这个念头一闪过，我就又怕你被我恶毒的念头诅咒了。你看，我怎么会是一个那么坏、那么可怕的女人呢！

大陈，我的傻大个儿！记得我们分手前你曾经问过我对女子贞操这个问题的看法。当时，我是怎么回答你来着？对了，我对你说，我很在意女子的贞操。确实，我现在还是这么讲、这么认为的，就像我非常在意自己的眼睛一样。一个女子保护自己的贞操应该像保护自己的眼睛一样，容不得一点儿沙子跑进去，它甚至比自己的生命更重要。我知道你也是非常在意的，否则，你就不可能用那样的语气问我。我已经看出来了，你的第一次婚姻一定是不幸福的。我并不想去了解你们不幸福的具体原因，但凭我的直觉，一定与这个问题有关。这一点，我向你保证，任何时候，我都会为你守住这份童贞的。我永远是属于你的！等到把日本鬼子赶出中国的那一天，我将把自己完美无缺地献给你。大陈，我的傻大个儿！你可千万不能出事，你能答应我吗？你得向我保证，你要好好保护自己，你能保证做到吗……

陈池龙几乎是一口气读完任雯写给他的信的。读完，他马上给她写了一封回信。他在信里这样写道：

任雯，我的最爱！傻丫头！你让我找得好苦好苦。现在，我终于读到你的来信了。你知道吗？几个月来，你寄给我的所有信件，包括我寄给你的信全部被我那个浑蛋团长给截留了。他做得实在太过分了，他怎么可以随随便便把我们的信件给扣下来呢？他怎么可以把我们最起码的通信自由都给剥夺了呢？我真恨不得一枪把他给崩了！好了，现在终于读到你的来信了，这比什么都重要。

任雯，你在信里提到的关于女人贞操的事，确实让你说对了，我就是这么一个非常在乎女人操守的男人。我第一次婚姻的失败，就是因为她在跟我成亲之前，就已经失身他人了。虽然我也清楚那不是她的错，是别人强加给她的，但问题是当她的贞操受到侵犯和威胁时，她没能用自己的鲜血和生命去捍卫并守住自己的贞操，使自己贞操和尊严不受践踏。古代那些贞妇烈女不都是那样做的吗？她却没能做到。这也是我永远无法容忍和原谅她的真正原因。

也许，你不理解我为什么会如此看重女人的贞操，并且已经到了一种近乎病态的地步。这一点，确实连我自己也说不清楚，稀里糊涂的，但我就是在乎它！几千年的封建传统礼教，我必须对它耿耿于怀。我敢保证，几乎所有的男人都跟我一样地在乎它，只不过表达的方式不同，或者不像我表现得这样强烈罢了。我就不信有哪个男人心甘情愿找一个已经失身的女人做老婆，就像他愿意吃别人啃过的苹果和吃过的剩菜一样，除非他不是一个正常的人。

任雯，我的最爱！难道我的要求过分吗？苛刻吗？真的非常感谢你，只有你才理解我，并决心至死也要为我守住你的那份纯洁无瑕的贞操。你越是这样，就越是让我感动得不行。我真恨不得自己能变成一只鸟，现在就飞到你的身边去，再也不离开你了……

月底，部队组织大反攻，陈池龙第一个报名参加了一个由二十几名战士组成的敢死队。他想，或许只有在战场上拼个你死我活、缺胳膊断腿了，他才有可能很快和任雯见面。

2

　　尽管陈池龙天天盼着哪个不长眼的子弹能把自己打趴在战场上，那样他就可以被人抬下来，送回后方医院，那样他就可以见到任雯了，但他偏偏就是福大命大，那些子弹好像有意跟他开玩笑似的，连他身上的皮也不愿意擦一下。这可气坏了陈池龙。在那些日子里，他的脾气变得特别暴躁。他就像一只好斗的公鸡，见谁都想跟他吵架，一吵架就要把对方打得头破血流。有一次，因为几句话听不顺耳，他差点儿没把一个战士的一只耳朵给咬下来。为这事他被部队关了三天禁闭，并且要他写检讨。这时陈池龙正窝着一肚子的火，哪里还肯写什么检讨，抓过纸笔一挥：如果再给我一次机会，我要把他另一只耳朵也给咬下来！团长马超看着交上来的检讨笑笑，也拿他没办法。

　　在被关禁闭后没几天，陈池龙又碰到一件让他伤心透顶、痛苦不堪的事。他收到了九红从家乡辗转寄来的一封信，信里告诉他，他的母亲李氏因病去世了。她已经为李氏办了后事，把她跟陈池龙的父亲葬在了一起。陈池龙简直被这个消息给击垮了。从未掉过泪的他为母亲的去世整整哭了一个晚上。陈池龙是个大孝子，他根本无法承受这突如其来的变故和打击。他知道，在他和九红两个人的婚姻问题上，他永远对不起她老人家。本来，在他休掉九红时，他曾打算日后能找个机会向她老人家赔个不是。现在可好，她这一走，连解释的机会都没有了。

　　陈池龙忽然发现他非常想家，想家乡闽中那熟悉的山峦河流、田畴农舍和一草一木。转眼，离开家乡闽中已经五年了，一切却好像是眼前才刚刚发生的事，又好像是发生在很久以前的事，让他浮想联翩，感慨万千。

他又想起了九红，那个当初让他打心底无法接受的女人。现在母亲死了，他倒是希望她能够重新嫁人，嫁个好人家。

他在给九红的信里这样写道：

> 母亲已经不在了，你可以找个好人家嫁了。你别指望我会回心转意。在对待女人的那个问题上，我就是一个顽固不化、不思悔改的人，谁也不可以改变我。再说，我已经有人了。她的纯洁和忠诚几乎可以用我的鲜血和生命去换取、去爱……

信寄出去了，陈池龙仍然觉得心里空荡荡的，说不出是一种什么滋味。陈池龙并不知道，任雯就是在这时候出事了。

有一天，部队里的人都在谈论后方医院有一名女护士身陷鬼子魔掌，以命相拼，守住清白的事。起初，陈池龙还以为大家说的事跟他一点儿也不相干，但听着听着，觉出不对劲儿来。他忙问在谈论这事的战士道："那位女护士可是姓任？皖南人？"

被问的战士想不到陈池龙会那样认真，吞吞吐吐的，既不说是，也不说不是，只一味地一会儿摇头，一会儿又点头。他这一摇一点，可不得了，陈池龙认定那个战士在跟自己耍滑头，一步跨上去把那个战士的脖子一拧，就差没把脖子给拧断了。陈池龙凶巴巴地说："再不老老实实给我说清楚，我就让你的脑袋换个地方！"

那个战士的所有消息其实也是从别的战士那里得到的，到底那个以命相拼的女护士姓啥名啥他也不知道。陈池龙再逼他，他也说不出个所以然来。陈池龙急得没办法，只得去问别的战士，问来问去，大家仍然不能给他一个确切的答案。

陈池龙有一种不祥的预感，他想任雯一定出事了。

任雯是在和另外两名担架队员护送一名身负重伤的新四军战士去后方医院的路上，遭遇了两个鬼子兵的。

在鬼子占领区内，碰到这种情况是一件很平常的事。那些骄横傲慢的日本兵，自恃中国人拿他们没办法，经常三五成群出没，或打家劫舍，或糟蹋妇女，根本就不把中国人放在眼里。

遇上鬼子后，任雯他们的第一个念头就是完了！因为当时的情形是，除了任雯和另外一名担架队队员身上有一枚手榴弹外，他们就再也没有任何一样武器了。但毫无战斗经验的任雯在那种时候表现出一个女性少有的冷静和沉着，她迅速拔下那名男担架队员腰间的手榴弹，然后对他们说："你们赶快撤吧，我来对付他们。"

两名男队员当然放心不下让一个女同志去对付那两个鬼子，说："要死咱们一块死吧，我们跟鬼子拼了！"

任雯哪里肯依，她几乎是在下命令了，她说："你们为什么还不走？赶紧走！"说着，自己已经朝着相反的方向跑去，她想把鬼子引开。

鬼子一眼看出任雯是个女的，也就顾不得去理会抬担架的两名男队员了，一边喊花姑娘，一边追任雯去了。

两个鬼子不可能想到任雯身上会有武器。当他们快要追上任雯的那一刻，任雯突然一个急转身给他们掷去一枚手榴弹，只是掷得太急，连弦都忘了拉就给掷出去了，两个鬼子虚惊了一场。当两个鬼子发现掉在他们面前的不过是一块不会响的铁疙瘩时，一下子明白过来，眼前的花姑娘原来连手榴弹都不会用，兴奋得"哇哇"大叫，直向任雯扑去。

这时，任雯想要投第二枚也是最后一枚手榴弹已经来不及了。然而后果她非常清楚，要么手中的拉环一拉，与鬼子同归于尽；要么让鬼子逮了，任其蹂躏。任雯不可能选择后者，她已经答应过陈池龙，就是死，她也要为他守住清白。

两个男担架员很快便听到轰隆一声巨响。他们非常后悔刚才怎么会让一个那么柔弱的女子去为他们冲锋陷阵。他们顺着爆炸声的方向找到任雯时，年轻的新四军女战士已经和两个鬼子一起倒在了血泊中。

任雯并没有死，她的这条命是捡回来的。她的身上留下了十几处的伤口。当她被送到后方医院时，医生已经测不到她的血压了，但最终她还是奇迹般活了下来。

关于女护士的事在部队传来传去传了将近一个月的时间。这一个月来陈池龙天天都在为这事揪着心，却找不到人证实。

陈池龙最后证实那名女护士不是别人，正是他的任雯时，他表现出相当的冲动。整整有半天，他说不出一句话来。终于，他转身就往团部里跑。他跑到团部，把自己听到的事说了一遍。他告诉团长，如果团里不让他去看任雯，他们很快将会看到一个已经变成疯子的陈池龙。

就像陈池龙每回闹着要去找任雯一样，团里当然不会把它太当一回事，只当是陈池龙又在犯和上回一样的毛病。马超甚至骂着陈池龙说："简直乱弹琴！"

陈池龙激动地说："你把话说清楚，我哪里乱弹琴了？任雯都伤成那样了，我去看一看她难道还不行吗？"

马超说："我就问你一句话，你跟她是什么关系？"

陈池龙说："她是我未婚妻呀！"

马超说："谁承认她是你的未婚妻？部队同意你们的事了吗？"

陈池龙急得跳了起来，他说："说来说去你们就是要管我的事。我们之间的事只要我们自己同意就行，为什么老是要你们同意不同意？告诉你，你们同意让我走，我走；不同意我走，我也走！我走定了！"

陈池龙最终还是没走成，因为几乎同时，他收到了任雯的一封信。自从上回为信件被部队扣压的事在团里大闹一场后，团部就不再扣压他和任雯的信件了。这小小的胜利使得陈池龙极为自豪，他对人说："这还算讲点儿民主，要不然我就到师部告他！"

任雯在信里写道：

大陈，我的傻大个儿！当你读到这封信时，我已经去鬼门关转了一圈又回来了。我就像做了一个长长的噩梦。不过现在一切都好了，我还是我，你的最爱，你的傻丫头！我天天告诫你要多长个心眼儿，要好好保护自己，别让子弹碰了你的身子，却想不到我已经先躺下了。也许，你怎么也想不出我是怎么倒下的。但不管怎么说，我可以非常骄傲地对你说，在那生死存亡的关键一刻，我为你守住了自己的童贞，我没有做出对不起你的事……

别为我担心，也别像疯子一样到处找我了。战争年代，部队天天跑来跑去，没有个固定的地方，哪能那么容易就找到我呢？再说，部队总有部队的纪律，作为一名新四军战士，怎么可以不遵守纪律、不服从指挥呢？你这人最大的毛病就是爱犯牛脾气，只要牛脾气一上来，谁也拿你没办法。你得好好改改你的牛脾气了。其实，部队领导也都是为了你好，他们对你都没有什么恶意。只要你客观地、平心静气地去理解他们，你的心理就会平衡，就不会觉得他们处处在为难你，跟你过不去。就以我个人来说，作为一个地主的女儿，大家并没有因此歧视我、看不起我，我深深体会到部队大家庭的温暖和人情味。我想我这辈子是再也不愿意离开部队了。做人要做部队的人，嫁人也要嫁部队的人。无论等多久，今生今世我就是要等你。还是那句老话，你得答应我，好好保护自己。到了我们见面的那一天，我要一个好好的你站在我的面前，否则，我会跟你没完没了的。大陈，我的傻大个儿！让我们一起来为那一天的早日到来祈祷吧！

3

一九四五年八月十四日深夜，在延安清凉山的窑洞里，白天的暑热刚刚消退。新华社的报务员正在紧张地工作着，监听着从天空传来的外国通讯社的无线电讯号。很快，苏联塔斯社和几个西方通讯社的电讯内容被接收，告知说日本天皇已经被迫接受美、苏、英、中四国同盟的《波茨坦公告》，将颁发诏书，并于十五日中午向日本全国广播，宣布停止战争，无条件投降。译电员马上译出电稿，报告社长博古同志，并立即转报党中央、毛主席和八路军延安总部。

八月十五日清晨八时，新华社很快编发了一条急电，并向各解放区做了广播。当天的延安《解放日报》也在头版重要位置刊登了几条来源不同而内容相同的消息。

当日本宣布无条件投降的消息传到陈池龙的耳朵里时，陈池龙兴奋得几乎要发疯了。他把平时积攒的钱全部拿去买了一大坛子酒和几挂鞭炮，不停地笑呀，哭呀，闹呀。由于日本鬼子投降了，部队里人人心里都充满了喜悦，谁也不会去计较陈池龙的做法是不是太过分了，反正大家都在乐着。

只是和大多数的中国人一样，陈池龙并没有盼来他们所盼望的和平，抗日战争的胜利只是战争短暂的平息，人们还要经受长期的浴血和苦难。美国为了在中国建立一座屏障，来保卫自己以及他们自认为是属于自己利益的东西，从八月十六日起集中了中国与印度境内所有的美国飞机，帮助国民党蒋介石抢占宁、沪、平、津。一场激烈而持久的内战，不可避免地爆发了。

陈池龙所在的部队很快被整合、改编，随后转战山东战场。从与日本鬼子交战转入与国民党反动派交战，血与火的战云重新笼罩在中国的天空。

陈池龙本以为日本鬼子投降则意味着他就要见到任雯，从此永远不再分开了。没想到事与愿违，满心的希望瞬间化成了泡影。在过去长达三年的时间内，随着抗日战争环境的日益残酷，陈池龙几乎与任雯失去了任何联系，就连信件也中断了。不过，他已不再像过去那样浮躁，动不动就要离队到处去找任雯了。

他听信了任雯的那句话，等到彻底消灭日本鬼子的那一天，也就是他们见面和团聚的时刻。他别无选择，唯一的选择就是赶紧消灭日本鬼子，打死一个少一个，直至把日本鬼子赶出中国。他一下子变得很守纪律，有仗打他连命都敢搭上，没仗打也不再给部队领导添麻烦。要么写信，要么看些书。写了信没地方寄他就一封一封攒起来，然后装在军用背包里，仗打到哪里，那些信件跟着就背到哪里。战友们笑他是个情痴，他也不计较，笑一笑事情也就过去了。

部队领导看他比过去有长进，根据他的表现，又官复原职，让他当了副营长。陈池龙并不在乎什么营长不营长，却也不反对，领导高兴怎么安排就怎么安排，那是领导的事，跟他一点儿关系也没有，心里倒是觉得有点儿好笑。想着，这个官像是在腰带上系着，保不准哪一天说掉就又掉了。

那时候陈池龙把什么都看得不重要，唯一重要的依旧是任雯。只要有一天他能够和任雯走在一起，所有的荣辱功过、升升降降、沉沉浮浮实在不算什么。陈池龙已经看出来了，部队转战山东战场，已经意味着这仗要没完没了地打下去了。照这种打法，他什么时候才能见到任雯呢？

要是以往，陈池龙还不至于觉得这事有什么难办，大不了一走了之，离开部队去找任雯就是了。问题是现在他已经没有了任雯的任何消息。尽管他到处打听，但任雯所在的部队究竟去了哪里，他一概不知。也就是说，他就是想找任雯也没有地方去找。

处在这种情况下，他只能眼巴巴地跟着部队走，心情却变得极糟，觉得自己有一肚子的苦水想找个地方倒倒，有一肚子的怨气想找个地方发泄。整天一张脸铁青铁青的，阴沉沉的。他公开对身边的战士说："你们可别烦我，惹恼了我，你们就自认倒霉吧！"

大家自然都不敢跟他说话，远远地躲着他，这样陈池龙可省事了不少。没有人烦他，一个人傻傻待着，半天不说一句话，胡子长了也不刮，眼窝塌陷不修边幅，像个深山里的野人似的。陈池龙自个儿心里明白，长此下去，他必然死定了。要是这样，还不如战死在战场上，也比这样忧郁而死来得痛快、壮烈！他心里犯糊涂了：难道任雯所在的部队会像蒸汽一样转眼间给蒸发掉了，从此不留一点儿痕迹？

陈池龙当然无从得知，他在苦苦地等着任雯的消息，其实任雯一直就没有远离过他。当陈池龙的部队转战皖北的时候，任雯的部队也从皖南紧随而去，在皖北的一个大后方安营扎寨。现在陈池龙他们挥师山东，前脚刚走，任雯他们后脚也跟着去了。只是战争环境那样恶劣，加上通信联络跟不上，消息闭塞得很，即使离得很近，也无从知道对方的消息，陈池龙找不到任雯也就在所难免了。

解放战争打得很激烈、很残酷，陈池龙参加了数不清的战斗。他虽然自始至终满肚子的牢骚和情绪，但是一打起仗来就像变了一个人似的，生龙活虎的，把什么都给忘得一干二净，整个头脑里就只有战斗和敌人，好像他和任雯的离散都是眼前的敌人给造成的。

只要一有空隙，陈池龙就会托人设法打听任雯的消息，每回打听除了给自己徒添烦恼外，往往没有一点儿收获。其实，也容不得他有更多的时间去找任雯，战斗一场接一场地打，且打一场换一个地方，换来换去，到最后连陈池龙自己都不知道自己究竟去了哪里。后来，陈池龙索性也不去想任雯了，横下心来打仗。他想，总不至于打一辈子吧！等打完了仗的那一天，任雯就是跑到天涯海角，他也要找到她。

　　一九四八年九月，济南战役结束后，粟裕致电中央军委，建议进行淮海战役。十一月四日华野发出"淮海战役攻击命令"，十一月六日，粟裕下令，华东野战军各纵队发起歼灭黄百韬兵团的作战行动。淮海战役正式拉开序幕，陈池龙的部队迅疾开往淮海战场。此时的陈池龙已经升任四师十二团团长，马超任四师师长。

　　渡江战役结束后，陈池龙所在的部队进行了一段时间的休整。那时，上面虽然还没明说下一步的行动计划，但是实际上大家都心中有数。谁都知道，部队稍作休整后便要南下，解放全中国。

　　说是休整，实际上是组织学习，学习毛泽东的一系列著作，让大家统一思想。一碰到学习，陈池龙的脑袋瓜儿又大了起来，一肚子的牢骚。

　　这回，他是真急了，他对中国当时的革命战争形势和政治形势还估计不准。心想如果南边的战争一打又是三年五年、十年八年自己该怎么办呢？那他不是到老到死也见不到任雯了吗？反过来，只要找到任雯，这战争就是再打它十年二十年，打到什么地方他都不怕。

　　陈池龙觉得，现在，摆在他面前的只有两条路可走：一条是死心塌地跟着部队去福建，第二条路便是悄悄离开部队去找任雯。这两条路对陈池龙来说都十分重要，第一条路他是早晚得回福建去的，他要跟王世吾清算那笔宿怨情仇；第二条路也同样重要，他必须要找到任雯，只要一天不找到任雯，他就无法让自己安宁下来。

陈池龙终于选择了走第二条路。在他看来，收拾王世吾不过是迟早的事。

那时，许多部队的团级干部都已配上了坐骑，陈池龙的坐骑是一匹枣红色的蒙古马。在一个天上已经露出星星的傍晚，他跨上他的坐骑，直奔太平而去。他想，不管任雯现在去了哪里，她的父亲任裕昌应该是清楚的。

部队里有人猜测，陈池龙这一走可能再也不会回来了，不过事实证明那些人猜错了。几天后，陈池龙一身疲惫地回到了部队。由于他离队前没跟任何人打招呼，现在看他一脸沮丧的样子，就知道他到底干什么去了。

陈池龙这次回来除了写书面检讨外，还受到了党内严重警告处分。本来部队准备撤去他的团长职务，但最终还是没有拿掉。其原因：一是考虑到陈池龙这次出走并没有给部队带来太大的后遗症；二是毕竟千军易得，一将难求。对待像陈池龙这种缺点和优点都很明显的人，只能做长期的艰苦细致的思想工作，去慢慢转化他、改造他。必须给他时间，让他能从一次次战场的成功突围中，进而从贞操和感情中成功突围出来。况且部队领导确实也没有时间去处理这类事情。

部队领导的宽容并没有使陈池龙从心里感激他们，他的心情仍然处在极度的焦虑不安和失望之中。太平之行，他并没有找到任雯，甚至连任雯的一点点消息也没有打听到。他本来以为任裕昌可以为他提供一些情况，尽管几年前任裕昌把他骂得狗血喷头，但如今已经几年过去了，鬼子也已经被赶出了中国，他想，任裕昌一定不会拒绝他的。

使陈池龙想不到的是，他去的时候，任裕昌早在两年前就已经死了。原因是任裕昌积极替新四军向各乡的地主征粮，一个地主怀恨在心，对他打了黑枪。据任家的邻居们讲，任裕昌死的时候任雯也没有回来。任裕昌家里除了任家外，就再也没有什么人了。后来，是任家的几个近房亲戚草草将任裕昌葬了的。因此，当陈池龙向他们问起任家的去向时，他们几乎是一问三不知。离开太平的时候，陈池龙的心情低落到了极点。

几天后，部队浩浩荡荡向南开去。陈池龙只得又把寻找任雯的事放在了一边。心里想，战争的袋口如果是在往南方收的话，所有的参战部队必然一起杀向南方。那么，任雯的部队当然没有任何理由不往南走了。

陈池龙把自己和任雯见面的希望寄托在了福建。

第六章

1

陈池龙根本就无法预料到仗会打得那样快，简直是迅雷不及掩耳。八月十七日，福州战役胜利结束，共毙俘敌五万余人。

八月二十一日，闽中宣告解放。整个闽中，除了少量国民党残余部队和土匪躲进山林外，基本上被人民解放军驻守。那些日子是陈池龙最为风光的日子，战斗的节节胜利使他变得很兴奋。这回，他已经再也没有什么理由去怀疑自己不能和任雯见面了；只要任雯还活着，他就是不去找任雯，任雯也会来闽中找他的。他觉得自己所有的希望这一下已经离他很近很近，几乎伸手可触了。

解放后，除了继续开展剿匪活动外，就是建立地方政权，成立当地人民政府。福建除了福州市和厦门市外，还按区域成立了几个地区。闽中县划归闽侯地区，区址设在闽侯县。许多部队的同志这会儿也大都退了下来在地方政府任职，包括地委和行署的领导，都是从部队下来的。如马超已经任闽侯地区行署专员，原先在闽中地区坚持搞游击战争的周映丁这下也担任了地委书记。闽中一解放，陈池龙就被通知脱下军装回地方工作，等候安排。

不久，闽中县人民政府成立。地委选来选去，也没个合适的人选，最后选到了陈池龙。理由是陈池龙在部队时已经是县团级了，回地方干个县长也理所当然，所以就报到省里让陈池龙当县长。没想到陈池龙根本就不买账，说什么也不当，理由是他挑不了这么重的担子。地委行署领导和组织部门于是轮番找他谈话。

领导说："几十年的艰苦奋斗、流血牺牲，所争取的不就是政权吗？如今政权来了，无产阶级不去掌握，难道还交给地主资产阶级吗？当然不会！不会可以学。边做边学。大家都是从奋斗中学来的，没有天生的才能。你刚刚参加革命时会打仗吗？后来经过多次的实践锻炼，不就打得很好了吗？有些事起初也许不习惯，慢慢地就习惯了。上海才解放那阵，许多北方乡下人进城看什么都不习惯，上海女青年穿短裙，大家笑她们不穿裤子，把白腿都露出来了。这不，没几天也习惯了。不但不笑了，许多北方人还把家里的老婆丢了，在上海找不穿裤子的女人结婚。有些话就不用多讲了，反正你得服从组织的安排，你是党员，你得为组织、为无产阶级去掌握这个政权。"

陈池龙说："无产阶级应当掌握政权这个道理我明白，但因为我是共产党员，我才对党说实话。说到底了，我就是一个农民，没有文化，又没有工作经验，怎敢把政权当儿戏？这可不像过去打仗，冲冲打打，砍砍杀杀，凭一股胆量和不怕死就行了。这是掌握全县的政权！如果把庄稼地种砸了是我个人的事，一家子的事；如果把政权掌砸了，那还了得！我的要求其实很简单，给我一支队伍，等把山里的土匪消灭干净了，我就回去种地，图个安闲自在。"

不管是马超还是周映丁，他们对陈池龙的情况都非常了解。他们当然知道陈池龙心里在想些什么。马超说，上回你私自离队已经很过分了，部队也没有对你的问题进行严肃处理，你不能处处跟组织上抵触。再说，这个县长不是什么人都可以当的，如果不是考虑到你对革命做出那么大的贡献，就是想当也当不成。

周映丁也说，先把个人的事放放，干一段时间再说。到时如果实在不行，组织上会重新考虑的。

陈池龙便不再说什么，心里说，别说当个县长，就是当了省长，要是谁敢阻挠他跟任雯结合，他照样辞官不干！

陈池龙正式当上了闽中县的县长，行政级别十四级。

县人民政府成立后，主要的工作是剿匪平乱，安定社会。地区军分区的一名副参谋长亲自带兵配合县大队进山围剿残匪。事实上，当时闽中的土匪都还没有形成势力，三个五个一伙，十个八个一群的较多，也没什么正规的武器。土匪里，势力较大的只有王世吾，已发展到数百人。进山后，王世吾拼命扩充自己的势力，无恶不作。妻子马素芬气得带女儿王梅跑了。王世吾一不做二不休，索性投奔了国民党，彻底与人民为敌。他的相当一部分武器也是国民党给的，而且都很精良。因此，在大军的压力和宽大政策的攻击下，许多小股土匪都纷纷缴械投降，只有王世吾残部继续跟政府顽抗。

由于还找不到一个合适的人选，上面至今还没派县委书记下来，陈池龙除了担任县长外，还得主持县委的日常工作，但他把精力大都投在政府这一块。他让剿匪的同志务必活捉王世吾。他说他不要死的，就要活的。剿匪的同志听他那样讲，也不敢强攻，只能智取，这样无形当中给剿匪带来了一定的难度，结果打了好几天都没有结果。陈池龙便以人民政府县长的身份给王世吾写了一封信，劝王世吾认清形势，放下武器，下山投降。

陈池龙很快就收到了王世吾的回信。王世吾实际上并不知道现在的县长，就是十四年前找上门要跟他决斗的那个小青年陈池龙。他在信中说："你们不要得意得太早，天下纷纷，还不知鹿死谁手！第三次世界大战即将爆发，台湾在美国的帮助下反攻大陆指日可待！你们共产党能坚持十余年的游击战争，我王世吾就不能坚持打三年的游击战吗？那时候，中国大陆又是国民党的天下了。"

　　陈池龙看完信，怒不可遏。他拍案而起，心里说，岂有此理！小小一个王世吾难道共产党就拿你没办法了？你要记住，我陈池龙已经不是十几年前那个任你欺侮凌辱的小青年了。你妄想像游击队一样，坚持三年的游击战争，那岂不是太可笑了？不要说三年，就是三个月、三天你也坚持不了，我立刻叫你完蛋！

　　第二天，陈池龙索性自己拉起一队人马进山围剿去了，几乎不费吹灰之力，就生擒了匪首王世吾。

　　当天晚上，陈池龙亲自对王世吾进行了审讯。

　　陈池龙发现眼前的王世吾简直老得跟十几年前不能比了。王世吾被五花大绑，由两个当兵的押着。他的目光无神而空荡，眼窝像两个杯子似的塌陷进去，胡子长得几乎可以编成辫子了。过去的那份霸气早已荡然无存。陈池龙突然觉得有点儿失望。他发现，现在的王世吾已经完全不是自己的对手了，不是吗？只要他随意的一个念头，就可决定王世吾的生与死。而他需要的却是十几年前的那个王世吾，居高临下、骄横霸道、不可一世的王世吾。那样，他就可以跟他一决高低，那样才刺激。

　　陈池龙开始问话。他问得很平静，那是他很少有过的。

　　"知道自己犯下的罪恶吗？"

　　"不知道。"

　　"是真的不知道吗？"

"不知道。"

"这么多年来，你到底糟蹋了多少婚前妇女？霸占别人妻子的初夜对你将意味着什么？"

"我不知道你为什么要这样说。"

"你应该明白我为什么要这样说，知道我是谁吗？"

"你是县长。"

"真的不认识我吗？"

"你是县长。"王世吾仍然说。

"知道一个叫九红的女子吗？"

"我不认识她。"

"还记得十四年前在你家的门口，被你又打又踢、受尽侮辱的那个青年吗？"

王世吾听到这里，慢慢抬眼看了看陈池龙，像在回忆什么。忽然，他的脸色变得一片苍白，身子也开始抖了起来。当陈池龙再次问话的时候，他已经变得很烦躁、很绝望了。

"你还没回答我刚才提的问题。"陈池龙依然十分平静。

王世吾却号了起来："兄弟，我知道死定了，要砍要杀随你了，痛快点儿！"

陈池龙觉得自己心里的那团火又熊熊燃烧起来，但他极力把它压住了，不让它烧起来。他仍然平静地说："我现在还不能杀你，你还得回答我的问题。你难道不知道那些被你糟蹋的女子日后的伤害有多深吗？这些年来，那些被你糟蹋过的妇女是怎么生活的，你知道吗？现在，你终于恶有恶报了。你说话呀！你怎么不说话了？你当初的那个精神气、狂气、霸气，都去哪儿了？你为什么不回答我的问题？你说话呀！——你要是再不说，老子今天一枪把你给毙了！"

刚解放那阵，地方政权还没稳固，地方政府的许多工作人员身边都还带着短枪。陈池龙越说越气，一时火起，伸手就要去腰间拔短枪，结果摸了半天也没摸到，才记起枪放在宿舍里忘了带了。这时他就扑过去要掐王世吾的脖子，嘴里喊着："我要掐死你！"两个当兵的动作快，已经把王世吾推出了门外。

王世吾主要的民愤罪行就是把那些未婚女青年抢到山寨，睡一个两个晚上后再放回去。被他凌辱的女青年无数。两天后，闽中县人民政府向各乡各村贴出告示，让那些遭受王世吾凌辱的妇女能够勇敢地站出来，有仇诉仇，有冤诉冤，揭发和控诉王世吾的罪行。但是告示贴了几天，没有一点儿动静。

陈池龙问分管这件事的副县长林中仁："到底有没有站出来控诉的？"

林中仁说："没有，一个也没有。"

陈池龙窝着一肚子的火，骂那些妇女觉悟低，都什么时候了，连一点儿骨气都没有。陈池龙最气的是九红，都到了这种时候，她为什么还不站出来呢？她太让他伤心了！

陈池龙想让林中仁去动员那些受害者，让她们站出来控诉王世吾。林中仁说："开什么玩笑？女同志最重要的就是面子，受欺侮也就自认倒霉了，谁还敢站出来把这盆脏水往自己身上倒？那样不是让全世界的人都知道她是一个不贞之人吗？"

陈池龙气呼呼地说："罢！罢！说穿了那些妇女本身也是贱！"

又过了两天，闽中县人民政府举行公判大会，王世吾被执行枪决。

开公判大会时，陈池龙是坐在主席台上面的，他看着王世吾被押赴刑场枪毙了。回到家里，他没有一点儿胜利的感觉，心情一点儿也没有比过去好一些，反觉得很郁闷。他觉得，即使他已经出了这一口气，但心口的那道伤疤却永远无法被抹平。当然，陈池龙更多的还是同情九红和那些受害的女人，因为一个王世吾，她们的人生都被毁了。陈池龙心情不好的一个更为主要的原因还是任雯。解放后，他看任雯仍然迟迟不来，便知任雯的部队当初可能根本就没有参加渡江，而是留在了江北。他于是给任雯的老家太平接连写了几封信。等了很久，却一封也不见回。这就更加让他忧虑了，他担心任雯是不是出了什么事。他天天就为这事在心里愁着，做什么事都觉得没劲儿，提不起神来。他担心长此下去，自己会闹出大病来。

果然，不久后，他得了一场大病。

人民政府成立后，第二项重点工作是征收粮食。那时福建的有些地方还没完全解放，征粮支前是刻不容缓的大任务。县政府专门指派林中仁副县长负责抓征粮工作。征粮虽然不是陈池龙的事，但他也跟着操心，整天带几个干部下乡追收粮食。跑了一些日子，又苦又累，病就来了，主要是胃口疼、呕吐、吃不下饭，后来发展到脸色黄、眼睛黄，大便如白灰一样白，并且全身发痒，连舌头都痒得厉害。闽中除了过去美国教会办的一家医院外，也没有一家像样的医院，组织上就让他去福州住了一个月的医院，结果越住病情越严重。事实证明西医对这种病没有什么特效药，天天只是注射葡萄糖，一天打三次。由于天天打，一条胳膊肿得像一根大竹管。皮肤也都被打烂了，病情仍然不见好转。

医生查来查去也查不出什么毛病来，决定剖腹检查。陈池龙跳了起来，问道："剖腹是为了治疗还是为了诊断？"

医生说是诊断、不是治疗。陈池龙说："岂有此理！哪有这种诊断病的？你把我当猪当狗看了？你别在我身上做试验，要试验你自个儿给自个儿做试验好了。你们既然治不了我的病，马上给我办理出院，我这就走人！"

听说陈池龙病了，这天刚好马超带领地委和行署的一批领导来福州看望，知道医生要对陈池龙进行剖腹检查，当即警告说，没有组织部门批准，不准乱动刀，否则你们负不起责任。不管怎么说，陈池龙大小还是一个县长。

省城的医生并不把那些地方官看在眼里，当下虽然不说什么，但马超他们一走，他又动员陈池龙动刀。这下陈池龙火了。他骂那个医生说："我还没死呢，你就打算用我的身体做解剖试验？我不干！我出院了！"

医生不让出院，陈池龙让通讯员小李带上行李连出院手续也不办就逃出了医院。

离开医院后，陈池龙也不知道自己该去哪里。他让司机漫无目标地开着车在街上转来转去。他想不到自己怎么会这么倒霉，得了这么个怪病，连医生都不知道他到底得了什么病。

他们就这样在街上转了一圈又一圈。

通讯员在县一级实际上就是领导的生活秘书。通讯员小李是永泰人，车子转了一阵，他忽然对陈池龙说，他们永泰老家有一个老中医特神，当地人不管大病小病都找他看，一看包好，不如去会会这位老中医。

经过这些日子的折腾，陈池龙有点儿不太相信医生了。他想不到医生的水平会那样糟糕。省城里的医生水平都是那种样子，永泰一个小小的坐堂医生还会强到哪儿去？他自然不会去相信。但不知为什么，他忽然又想起那年在皖南，他那病不就是任雯的父亲任裕昌给治的吗？而任裕昌也不是正规医生。这样想着，他让通讯员在前头带路，直奔永泰去了。

老中医名叫黄培椿，戴一副圆形的深度近视眼镜。陈池龙让他一号脉，他就告诉陈池龙说，病不十分严重，很快就会治好。陈池龙半信半疑，以为他在安慰自己。老中医便跟他说起中医诊治的道理。他说中医诊断病症关键在于认清寒热，西医不论什么寒热都叫发烧。但不管寒症、

110

热症，在体表表现出来的都是全身发烫、面红耳赤，这就必须认真诊断。有的表面大热则有可能是寒症，全身怕冷、四肢发抖却不一定是寒，是真正的热。热有虚火真火，寒有实有虚，难就难在虚实之分，寒热认错会误大事。发烧严重不能用太凉的药，凉药一下如水灭火，脉搏一停就无法抢救。正确的疗法是，下温药，让邪火慢慢散发。

他说陈池龙的病症很少见过，不细心推敲，很容易认错。现在病症已认定无疑，对症下药，病很快就会痊愈。他给陈池龙开了一个方子，里面有附枣、北姜、桂枝、红花、麻黄之类的热药。其中一味麻黄，他不敢用太重，只敢用一钱半。第二剂两钱，一直加到三钱。他说想不到陈池龙的病会那样麻烦，他还从来没给病人用过三钱的麻黄。这回是破了天荒的。

陈池龙回去后边休息边治疗。他接连服了几剂药，果然病情很快有了转变，一星期后全身发痒消除，小便黑转白，大便白转黄。十二天后，陈池龙已觉一身轻松，什么病也没有了。陈池龙不由得大发感慨，连说神医！神医！赶紧包了一份脉金，让司机带通讯员连夜给老中医送去，以示答谢。心想自己真是福大命大，又逃过了一劫。

2

陈池龙重新回到县里上班。一上班，天天又是没完没了的各种事务，搞得他头昏脑涨。上班时做得最多的事还是下乡组织生产、征收公粮和一个村庄一个村庄收集国民党败兵扔下的各种武器。

一看到那些武器，陈池龙的心就又开始痒痒了，好像又回到了战火纷飞的战场上，看到了血与火的拼杀。不知道为什么，他总觉得现在过的日子就是没有战争年代那阵子过得顺畅、舒心。战争年代那会儿单纯，没有那么多婆婆妈妈的事。他宁愿天天下乡去，也不愿一天到晚坐在办公室里。办公室里的那张椅子好像长了刺似的，让他坐着害怕，不舒服。地委行署的办事人员有好几次电话打到县长办公室里来都没找到他，就开口骂陈池龙好好的为什么不在办公室里待着，到底跑哪儿去了？这话是由通讯员传到陈池龙的耳朵里去的。陈池龙听了心里很不舒服，说："坐在办公室里是工作，离开办公室下乡就不是工作了？真是扯淡！"

他一点儿也不把上级的话当回事，仍然天天跑自己的，就是不愿坐在办公室里。

实在跑累了，有时也要在办公室里坐坐。这时，很多烦心的事情就会找上门来。陈池龙最伤脑筋的事是接待群众来访。那些事剪不断，理还乱，甚至连一只鸡、一只猫丢了的事情都要来找人民政府解决。陈池龙已经习惯了在战场上冲冲打打，如此鸡毛蒜皮的小事，实在让他受不了，觉得自己哪里还像一个人民政府的县长，倒更像个街道的调解主任了。

陈池龙简直没有一点儿思想准备，他会在这种时候见到自己的女儿陈小小和儿子陈冬松。

山里人有自己酿酒的习惯，当两个小家伙提着一个盛有自制的红米酒瓷罐站在陈池龙面前时，起初他还以为是两个普通的上访者。但很快，他就觉得不对劲儿，因为这时陈小小怯怯地叫了一声："爸！"

陈池龙还以为自己听错了，忙说："你说什么，你再说一遍？"

陈小小于是又叫了一遍。陈小小叫着，接着让弟弟叫，陈冬松却说什么也不叫。陈池龙这下总算明白，这两个孩子是冲着他来的，是来认他这个爸爸的。

这事对他来说实在太突然了。他想不到短短几年时间，自己的一双儿女已经长得这么高、这么大了。这之前的十几年间，他除了打仗还是打仗，家里的两个孩子差不多已经让他给忘了。陈池龙这才想起如果没有记错的话，站在他面前的陈小小已经十三岁了，陈冬松小一点儿，也有十一岁了。

陈池龙发现，瘦瘦黄黄、梳着两条小辫子的陈小小长得很像她的母亲：柳眉杏眼，直直的鼻梁，连那张椭圆形的脸也几乎是跟她母亲一个模子里倒出来似的，一模一样；而陈冬松则非常像他这个父亲，浓眉大眼，大鼻子，大嘴巴，一脸的倔强，一看就知道是他自己的翻版。顿时，他心里有点儿动情起来。他想这些年来自己怎么从来就没有想起过他们呢？他甚至完全忘了自己曾经有过这两个孩子，他为自己的健忘和无情感到羞愧。他觉得自己太对不起他们了，他的眼圈开始潮了。

自从到地方工作后，陈池龙一日三餐都在机关食堂里吃。因为刚刚解放，征粮开展得很艰难，财政一时又跟不上，机关干部都实行定量供应，实行供给制和工资制两种并存的制度，伙食标准按干部职务高低和参加工作年限，分为小灶、中灶、大灶三种。本来按照陈池龙十四级的级别，完全可以享受中灶的待遇，但他坚持伙食标准跟大家一样，大家吃什么，他也跟着吃什么，天天跟大家吃大灶，从来不搞特殊化。

有一回，陈池龙得了重感冒，发烧发到四十摄氏度，嘴巴又干又苦，嘴角都起疱了，什么也吃不下去，通讯员看着心疼，让炊事员给煮了一碗面条。陈池龙刚接过面条时先是感到很高兴，便问通讯员今天食堂是不是改善伙食了，通讯员想不到他会问起这些，一时语塞，一会儿说是，一会儿又说不是，支支吾吾说不上来。陈池龙便看出其中有猫儿腻，愤愤地将盛面条的碗在桌上重重一放，说："谁让你给我开小灶了？是谁给你的权力？你立马给我端走。否则，我不会轻饶你！"

通讯员本来还想解释什么，陈池龙却已经非常粗暴地冲他挥了挥手，让他把面条端走，一点儿也没有商量的余地。

可是今天两个孩子来，陈池龙却破了例。这时离中午开饭还有一段时间，他让通讯员通知食堂煮两碗面条来，超标部分在他今后的伙食费里扣除。他特意关照说，要煮大碗的，要好吃一点儿，再加上两个鸡蛋。陈池龙好像觉得只有这样，他心里才可以平衡一点儿，好受一点儿。

吃过午饭，陈池龙带上钱和两个孩子逛了一趟县城。在路上，他问两个孩子有没有上学念书。陈小小说，她已经上小学四年级了，冬松上二年级。陈池龙又问，除了上学，平时在家里都干些什么。陈小小说，有时帮助母亲干点儿家务活什么的。

一提到九红，陈池龙的心情就变得不好了，更多的是内疚。心里想，为了一个贞操的事就把她给休了，实在有点过分。忙转开了话题。

闽中的县城不大，还不如人家一个县大点儿的一个集镇。街两边几乎没什么店铺。陈池龙带着两个孩子才走了几分钟，就把一条街走到了头，便又往回走。来来回回走了几趟后，他问孩子要买些什么。孩子们面对这个陌生的父亲，自然不敢提出任何要求，都摇头说不要。

陈池龙说，不行不行，今天非得给他们买点儿东西。他说着就带他们进了一家县城最大的百货店，陈池龙也不管他们喜不喜欢，给他们一人买了一套衣服，接着又在文具柜给他们一人买了一些写字簿、橡皮擦、铅笔、钢笔之类的学习用具，陈池龙在做这些事情时，像在把欠下的债一笔一笔给还了，心情变得很轻松、很愉快。他对两个孩子说，以后有什么事尽管来找他，不过，他不会去找他们的，他已经跟他们的母亲离婚了，不可能再回那个家了。

他还告诉两个孩子说，他已经有了自己所爱的人了，要不了多久，等她一来福建，他们就要结婚了。陈池龙接着问他们今天来找他，是不是他们的母亲让他们来的。陈小小忙说不是的，母亲从来就没叫他们来。不过，母亲曾经告诉过他们，说他们的父亲在县里头当县长，父亲还喜欢喝酒，他们就找上来了。

陈池龙说："你们骗不了我。你们的母亲不但让你们来了，连那酒也是她让你们给带来的。"

陈小小急得眼泪都下来了，她说，母亲真的没叫他们来，真的是他们自己要来的，做父亲的怎么可以不相信自己儿女的话呢？

陈池龙看她委屈的样子，心里有些不忍，忙说："好了，不说了！不说了！"

陈小小擦了擦泪，她十分不解地问陈池龙："你为什么要把母亲和我们给扔了？要知道，母亲这些年来过得很苦，母亲其实是很善良很好的一个女人。"

陈池龙当然也承认这一点，并且随着时间的推移和自己的不断觉悟，觉得自己真的太对不起九红了，多大的事呀？多封建呀！但他一点儿也不喜欢自己的女儿用这样的口气来跟自己说话。他说，这是他们两个大人之间的事，小孩子永远是闹不懂的，等将来他们长大了，自然就会明白的。

孩子的话不可能说服陈池龙，陈池龙也不可能因为两个孩子而改变自己对九红的看法。陈池龙发现，自始至终陈冬松没有跟自己说过一句话。从孩子那倔强的脸上，他看出他在恨自己。

一个月后，陈池龙下乡，去离他的老家龙潭村很近的一个村庄搞粮食征收。事情办妥后他本来打算顺路拐回村里看看，犹豫了半天，最后只让随行的通讯员去买了一锭纸钱、几炷香、一瓶酒到父母的坟前烧了，然后又赶回城里去。

通讯员知道陈池龙是龙潭村人，并且隐隐约约知道陈池龙和九红的一些事情，但不是很清楚。他问陈池龙为什么不回去看看。陈池龙并不打算回答。通讯员以为陈池龙没听见，又问了一句，陈池龙便有点儿烦了，他说:"你哪里来的那么多废话?"

通讯员便不敢再作声了。

这事过后没几天,地委办公室给陈池龙打了一个电话,通知说地委书记周映丁过两天要到县里检查工作,请陈池龙做好征粮工作的书面汇报安排。陈池龙一听就来气,说:"什么事嘴上说说不行,为什么还非得写书面汇报?实在是啰唆!"

陈池龙说归说,仍然让秘书连夜赶出了一大堆的汇报提纲,准备向地委汇报。他让秘书从五个大方面、十六个小方面阐述了县人民政府当前开展各项工作顺利和不顺利的各种因素;秘书把提纲写好后,陈池龙接过去粗粗浏览了一遍,发现秘书在执笔时离题万里,完全没有按照他的意思去写,整篇材料空洞无物,废话连篇,虚假得要命。他懒得再看下去,厌烦地把它们丢进了废纸篓里。

其实,周映丁不过是到县里走走看看,甚至连听口头汇报都不是很感兴趣,更不要说要县里以书面形式进行汇报了。到县里后,他只和县里几位处级领导象征性地坐了一会儿后,他让大家该忙什么的还忙什么去。他说他已经好久没见到陈池龙了,想跟陈池龙坐坐,聊聊天儿。

这时已天近中午了,陈池龙让通讯员去食堂弄了几样小菜,回来要留周映丁吃饭,他忽然想起上回两个孩子给他送来的一瓷罐红米酒,他一直舍不得吃,于是就拿出来,两个人有滋有味地吃起来。

自从北上抗日后,陈池龙跟周映丁几乎就没有见面的机会了。尽管如此,他们也没有更多的话要讲,说来说去,话题仍然离不开战争年代的事,都感慨战争那会儿就是比现在单纯,除了打仗,也没有更多的事情去操心。现在就不一样了,让人心烦的事多了。军人到地方工作就是跟长期做地方工作的那些干部不一样,很难适应。

说着说着,说到了陈池龙个人的问题上。周映丁早就听说陈池龙已经休了原配九红，一直狂热地在追一个皖南姑娘。他觉得那样很不好，他动员陈池龙赶紧回到九红身边，跟她复婚，像样地过日子，不要瞎等那个皖南姑娘了。他说现在陈池龙的身份已经跟过去更不一样了。作为一县之长，应该处处树立自己的形象，而不能像过去当木匠和在部队时一样，想怎么样就怎么样，一点儿也不像个当县长的样子。

陈池龙笑说："这个县长本来就是你们让我当的，我一点儿也不想干。"又说，"老周跟你说实话，过去呢，我把女人的贞操看得很重，后来想想还真的不对，也觉得自己思想太封建了。但问题是我和九红现在已经不是贞操的问题了，而是感情问题。我和她真的一点儿感情也没有。你让我怎么跟她复婚去？到时候还不是一桩死亡婚姻？你忍心看我们都不幸福吗？我真正爱的人是那个皖南姑娘，她也爱我。反正我早晚得把这个县长还给你们。要是等不到任雯，就是找遍全中国我也要找她去。"

周映丁说："你不要狡辩了，你就是那个老毛病！我想你的那个脑袋瓜儿怎么就是跟人家不一样，里面都塞石头了，怎么讲也讲不通？我们的要求还是那句话，要从战场上的突围，转到从落后的思想、封建腐朽的思想和观念的包围中突围出来。"

陈池龙说："老周我对天发誓，我真的一直在努力了。只是在感情上希望组织能够尊重我的选择。"

这顿饭吃到最后弄得两个人都很不愉快。你一句来我一句去，结果谁也说服不了谁。

吃过饭，周映丁要离开县里回地区去，陈池龙对周映丁掏心掏肺地说："老周，你们不要改变我的选择好不好？我陈池龙最不能接受的，就是我不愿做的事，你们硬塞给我；我想做的事，你们又不让做。你们给我一点儿空间，给我一点儿自由好不好？过去在闽中时你天天教育我，到皖南后马超天天在教育我，从今往后呢，就更热闹了！我想，早晚有一天我会被你们给逼死的！真的，我一点儿不骗你。"

周映丁听了很反感。他说："你可听清楚了，不是我周映丁或马超要改变你，而是组织上要改变你、改造你！因为你的行为与组织上的要求格格不入。不过，我算彻底看出来了，要想改变你不是一件容易的事，除非有一天你自己觉悟。反正我已经对你越来越失去了信心。"

陈池龙说："那你赶紧趁早死了那条心吧，我们的日子都会好过一点儿。"

3

陈池龙觉得自己越来越想念任雯了。因为想任雯，他变得比过去更爱抽烟，更喜欢喝酒，而且一喝就醉。

陈池龙自己也搞不清楚到底给任雯寄去多少封信，却没有收到一封任雯的回信。这使他紧张了起来。全国都解放了，又不是战争年代，如果不回信，那就说明任雯那头真的出了事。陈池龙急得没办法，索性以县人民政府的名义给任雯家乡的县人民政府发去一张信函，要求协助查找任雯这个人。不久后，太平那边回信了，只简简单单的几个字：查无此人，建议另函他处继续查找。下面是县人民政府的一个大红印。

这下，陈池龙算是彻底失望了。他知道自己这些年来的所有热切的盼望和期待，都可能成为一个泡影，再也无法实现了。这也是他最无法接受的事实。几年来，自己左盼右盼，苦苦等待，难道等待他的就是这样一个结果吗？难道任雯变心了，另有心上人了？要不就是在战场上牺牲了？除了以上几种原因，就是爬，到现在任雯也早已爬到福建来见他了。陈池龙分析，除非任雯真的牺牲了，否则，直觉告诉他，任雯永远不可能变心，永远不可能背叛他。

陈池龙的直觉并没有错，任雯当然没有变心，她仍然是他陈池龙的任雯，那个傻丫头！有一点是陈池龙没有想到的，这些年，任雯也一直在苦苦找他，心都急碎了。陈池龙更想不到的是，他正为找不到任雯急得团团转的时候，任雯却已经在几个月前就已经去东北了。

原来，陈池龙的部队跨过长江一路打到福建时，任雯所在的部队医院连淮河都没过，继续留在了徐州以北，负责救治从战场上送到医院的大批伤病员。她知道陈池龙这会儿一定随部队南下去了。从她内心来说，她也希望自己能够跟随陈池龙一路打到福建去。但那是部队的安排，她总不可能一个人找部队要求跟着去福建，那样人家该怎样讲？她可不像陈池龙，她是一个绝对遵守纪律、听从指挥的战士。

几个月后，全国解放。任雯还来不及打点行装去福建找陈池龙，部队医院也接到上级命令，动员部分医生、护士去东北。任雯的思想意识里总觉得自己是一个地主的女儿，处处不敢落后于别人，便第一个报了名。刘香兰跟任雯已经亲如姐妹，她看任雯要去东北，也跟着报名参加。

任雯心里想着，要是没有什么意外的话，这会儿陈池龙应该回地方工作了。一到东北，相对固定的通信地址一落实，她便急急忙忙给陈池龙写了一封信。在信中，她毫无掩饰地宣泄着自己对陈池龙的思念之情。

她一遍又一遍呼唤着她的傻大个儿，问他这些年都去哪儿了，怎么连一点儿消息都没有？他是不是把她给忘了？她告诉陈池龙，眼下她已经东北了。本来她完全可以不去的，完全可以很快到福建找他去的，但因为她是地主的女儿，她不得不处处严格要求自己，挑人家不想做、不愿意做的事去做，处处冲在人家的前头。只有这样，她才可以换取别人的信任和理解。她还告诉陈池龙，等任务一结束，她就会像一只鸟一样飞到福建，飞到他的身边，她就再也不离开他了。

结果这封信在路上辗转了好几个月，最后才到了陈池龙的手里。

陈池龙读着信，激动得眼眶潮潮的，他当即给任雯回了一封信，信中写着：

　　任雯，我的最爱，傻丫头！收到你的来信，你简直不知道我有多高兴。你一定不知道，你的信对我来说有多么的重要。收到你的来信，我才知道你没有牺牲，更没有变心。说来可笑，因为一直跟你联系不上，我曾经还担心你已经光荣了，要不就是变心了。现在想想我自己有多么的可笑！我太鼠肠鸡肚，太把你给看扁了。我完全可以理解你现在的心情，完全同意你报名去东北。但前提是作为一个地主的女儿，那就太不公平了。我就闹不明白那些人为什么老是要用那样一种目光来看你？地主跟地主还有不同的呢！更何况你只是一个地主的女儿，你本身又有什么错呢？而他们，却不管三七二十一，一棍子全打了，实在是太不像话。

　　任雯，我的傻丫头！闽中一解放，我就已经从部队转到地方工作了。组织上安排我当人民政府的县长。真是的，扛扛枪、打打仗还马马虎虎，我还能当什么县长？连我自己都觉得好笑！

　　其实，所有一切对我来说都不重要，重要的是你什么时候才能回到我的身边来。那是我连做梦都在盼望的一天。到了那时，我可以什么都不要，我们可以做普普通通的老百姓，我们还可以回乡下继续当我们的农民，自己种地栽菜、养鸡喂猪，我们的日子可以安排得相当丰富。谁也不用来管我们、来影响我们，我们可以过自由自在、不受任何约束的生活。让人高兴的是，那一天终于要来到了。你可要答应我，等任务一结束，连一分钟也不能耽搁，正如你在信里说的那样，要像一只鸟一样赶紧飞到福建，飞到我的身边来。我一天也等不下去了，再等下去我要发疯了！

陈池龙的信寄出去不久，土地改革开始了。

这次土地改革，使得我国延续了数千年的封建剥削土地制度得以彻底废除，使全国近三亿的农民成了土地的主人，在政治上、经济上翻了身。这次土地改革，还镇压了许多不法地主。由于看法不一致，县里有人提出凡是地主，该毙的都要毙掉，不要心慈手软，姑息养奸。陈池龙却说，这是哪家的政策？谁规定凡是地主就该毙掉？中央领导里有那么多人是地主出身，你把他们老爹拉出去全毙掉？地主也有好坏之分，有善有恶，有民愤极大的，有没有民愤的。有些地主本身就不是坏人。如果不分青红皂白把他们全毙了，人家头脑会想得通吗？

陈池龙想起了任雯的父亲任裕昌。他对他们说，他在皖南时就碰上了这么一个地主，他不但支持革命，还把自己的女儿送到部队参加了革命。有人说地主不会革命，但恰恰相反，他实实在在地参加革命，他替新四军治病疗伤，把家里的粮食全部送给了新四军做军粮。为配合当时的反围剿，部队向地主征募粮食，任裕昌主动担负这项工作。作为地主，谁有粮、谁粮多粮少他都明白，他也不怕得罪那些地主，开列出名单一家一家征收。多的上百担，最少的也有十来担，很快征收了两千余担粮支持新四军。最后他的命就断送在一个不法地主的手里。你能说这个地主不革命吗？所以说，有些事情是不能那么绝对的，更不能一棍子打死。

陈池龙的观点亮得有点儿离谱，大家都无法接受。嘴上不敢说，心里都在替他捏一把汗。这时，陈池龙已经不再主持县委工作了，上级已经派一个姓王的来担任县委书记。王书记是知识分子出身，做过几年地下工作，做事谨小慎微，他从来没听说过这么偏激的话，自然更是紧张得不得了，忙向上级做了汇报。周映丁听后非常生气，说这还了得！这个陈池龙是越来越不像话了，不好好洗一次脑子，看来真的要犯大错误了。

春节一过，陈池龙就接到地委的通知，让他上华东党校学习半年。那时福建没有铁路，要到江西上饶乘火车。陈池龙从福州搭轮船到南平，再从南平乘汽车到上饶。在火车上，他遇到了龙溪县县长李天才。

李天才是过去在皖南时陈池龙跟他认识的。这次全省各地都有过去打游击的干部到华东党校学习，除了李天才，陈池龙一个都不认识。他问李天才是不是也要到党校洗脑子。李天才苦笑了一下。原来，李天才也存在思想问题，他把农村的妻子给休了，找了县政府机关的女打字员重新组织了一个家庭。

陈池龙开玩笑说："你真行呀！你跟我的思想一样先进。地位高了，官当大了，就当陈世美了！"

李天才有苦难言，只说没有爱情的婚姻是没有道德的婚姻。他问陈池龙到底因何要去洗脑子。陈池龙说，该洗的东西实在多了，他从包庇地主，到想要娶地主的女儿做老婆；又从抛弃糟糠之妻，说到道德败坏、斤斤计较老婆的贞洁问题。他说洗脑子哪里行，就是给他换脑子也不一定能解决问题。李天才说："扯淡！谁不想找个贞洁的女人做老婆？那能算问题吗？"

陈池龙却说："你错了，我当初也是那样想的，但后来想想，还是不对的，多少沾染着封建的思想。一层薄薄的处女膜能够说明什么呀？有那么重要吗？更何况很多女人本身也是一个受害者。我们领导一直强调我要从战场上的突围到思想观念的突围，我想我是离领导的要求越来越近了，或者说，我已经从封建思想的重重包围中突围出来了。"

到了华东党校，大家几乎来不及喘口气就开学了。在这批学员中，大都是工农干部和从部队下来的，普遍文化水平低，学校先组织大家学习文化，待文化提高后再转入学理论。内容和过去学的大同小异，说来说去就那些东西，不过更深刻了。开始学近代史，是国际近代史，说的是资本主义经济产生、发展、壮大，资产阶级民主革命推翻封建王朝，打倒皇帝，建立资本主义制度。

陈池龙不懂那么多，就知道这本书写的大部分是法国的历史，也有英国的。英国资产阶级改革不彻底，成了改良主义。当革命高潮威胁封建王朝时，不是尽力进攻，而是向即将崩溃的王朝屈服，和平谈判，形成君主立宪制度，留下封建王朝一点儿余威和福利，政权归资产阶级，皇帝为国家之首，留个名而已。战后的日本和它一样。世界资产阶级民主革命模仿英国的不少，相当多的国家还有皇帝、国王。

学近代史就是要使学员知道马克思主义的起源、产生和发展。资产阶级和无产阶级是一对孪生子，有资本家就有工人；资本家与工人相互依赖，但又相互斗争。没有资本家开办的工厂就没有工人，没有工人，资本家就无法生存。

其次，学哲学，学辩证唯物主义和历史唯物主义。唯物主义没有现成课本，就以恩格斯的著作《路德维希·费尔巴哈和德国古典哲学的终结》为课本。费尔巴哈唯物主义是好的，但他把一切事物写成固定不变的，所以称他的著作为机械唯物主义。

学辩证法也没有课本，只用斯大林写的一本小册子《辩证法提纲》做教材，只千把字。写着：①事物是发展变化的，不是静止的；②事物开始微小变化，量变；③事物由量变到质变，变得面目全非，形成一种物质；④事物突变，突然变成另一种东西。以人为例：母胎出生是一个幼小的婴儿，但他从一出生就开始不停地发生量的变化，后变成儿童、少年、青年、壮年，但从壮年起又逐渐开始产生变化，皮肤变粗变黑，两鬓变白，眼花耳聋，变成另一种模样——老人。这是本质的变化，叫作质变。老人过后就是生病死亡，变为一具死尸，不是人了，叫作突变。

但就是死尸还要产生量变、质变、突变的过程，最后变为一捧土。任何事物都是由生到死，经历量变、质变、突变至死亡的过程。一套桌椅、一座房屋、一株树及地球，皆是如此。有些东西变得快，消亡快；有些东西变得慢，人们看不见就以为它不会死亡。如地球到底是多少亿年产生，多少亿年毁灭，人们看不见就以为它不死，叫天长地久。毛主席的矛盾论就是以辩证法的原则写的，所以发展了辩证法。

历史唯物主义，说的是经济生产与国家权力相适应。经济是基础。国家权力机构为上层建筑，上层建筑是从基础产生的。何为建房？先用石打底基，底基打好了，房就基本建起来了。打什么基，建什么房要互相适应，房才能牢固。上层建筑从基础产生，但它又返回保护基础，促进基础繁荣和发展。奴隶社会经济基础是奴隶生产，产品大部分归奴隶主所有。奴隶社会上层建筑形式是王或皇帝，它是保护奴隶主利益的。封建社会剥削方式有所改变，剥削有所减轻。奴隶成为自耕农，剥削形式是地主收租，皇帝代表上层建筑。这种上层建筑是保护地主利益的。农民被剥削不满引起反抗，皇帝就下令出兵镇压。中国历史上多次农民革命运动未成功，都是遭严重镇压所致。

奴隶和封建社会把各种各样的大小的国王和皇帝宣传得神乎其神，说什么是天生的，是真主，是天子！代天行道，代天巡狩。一日无君，天下大乱。皇帝说的话就是圣旨，不能违抗的，骗得被压迫的人民头脑昏迷、俯首帖耳，心甘情愿受压迫。马克思把这种骗局彻底揭开。他说，皇帝以及各种大小的王都是人，他和任何人一模一样，奴隶社会的国王和皇帝是奴隶主，封建社会的皇帝是地主，资本主义社会的总统、总理是资本家。他们是代表各个时期的阶级利益在那里发号施令的，主要靠的是政权，就是所说的上层建筑，包括他的武装部队，这个大厦一倒，他就什么都没有了。马克思把数千年来人类迷惑不解的社会发展史彻底解开，用科学的观点指出人类社会发展的自然规律不是以人们意志为转移的，这叫作历史唯物主义。

陈池龙过去没有系统接触过那些理论，党校每天又把课程安排得满满的，听得陈池龙脑袋瓜儿都大了起来。学习了几个月，他问和他一同来党校的李天才，到底听没听懂那些课，李天才说，半懂半不懂的，基本上没听进去。

陈池龙说："可不是吗？这哪里是洗脑，越洗头脑越糊涂起来了。"他对李天才说："你要不要回去？你不走我也要先走了，我一天也待不下去了。"

李天才说："回去不合适。反正听不懂，你就在这里泡时间吧。"

陈池龙说："我可没有你那么好的修养和耐性，再待下去我要得神经病了！"

陈池龙说到做到，当天晚上一个人坐火车离开了华东党校。

这时，朝鲜战争已经爆发两个月了。

4

回到闽中，陈池龙最关心的一件事就是看任雯到底有没有来信，他已经又有好几个月没跟她联系了。通讯员看他回来，十分高兴；他说陈池龙走的这几个月，县里都有点儿乱套了，现在回来就好了。陈池龙不关心那些，只问他到底有没有任雯的来信。通讯员说："有，都收到一个多月了。"陈池龙说："快，还不赶紧拿给我看？"

陈池龙看过信后大失所望。原来，朝鲜战争一爆发，任雯便报名赴朝参战去了。任雯在信里说，作为一个地主的女儿，赴朝参战仍然是她的唯一选择，她必须这样做。她只能通过自己的努力去建立别人对她的理解和信任。否则，即使别人没当着她的面指指点点，她也会觉得自己低人一等，挺不起胸膛来。她希望陈池龙能够理解她、支持她，耐心等待。好在一切都是暂时的，他们相见的那一天很快就要到来了。同时她让陈池龙放心，她告诉陈池龙，与她一同去朝鲜战场的还有她的好友刘香兰。

军人出身的陈池龙，当然知道战场对一名军人将意味着什么。而且他也没有理由阻止和反对任雯的选择。更何况，当他读到任雯的信时，任雯早已跨过鸭绿江了，他就是想反对也已经来不及了。

陈池龙只能开始了新一轮的耐心等待。

陈池龙自己的工作也比过去更忙了，至于忙些什么，连他自己都不知道，反正就是觉得手头上有做不完的事。他偏偏是一个非常敬业的人，做什么事都非常认真，要么不做，要做就做得让人心服口服。

陈池龙觉得最忙乱的事是机关人员的工资调整。新中国成立后，工资制人员一律以大米计发工资，并自一九四九年九月起分等级发给大米。第一次调整工资制度是在一九五〇年六月，行政机关人员提高至每人每月平均发大米一百八十一点五斤，其中最高的为每月三百斤大米，最低的为每月一百二十斤大米；第二次调整是在一九五〇年十月，根据上级通知精神，对工资制人员待遇进行第二次调整工资制度。共分二十个等级，县团以下自九级至二十级，级制最高的九级给大米三百斤，最低的二十级给大米一百零五斤；第三次调整是一九五一年七月，按照规定，薪金制人员薪金采取半钱半米，即一半发钱，一半发米。

而这次调整是在原来薪金制的工资米制上改为工资分制，并重新进行评级。事情麻烦就在这里，该谁评高谁评低，该高多少该低多少又没有一个比较规范的衡量标准。结果弄得那些被评低了的同志一肚子牢骚，都去找陈池龙要工资。陈池龙接待了这批又来了另一批，整天就为大家工资的事心烦着。陈池龙动不动就骂那些人："你们算哪路好汉？工作不好好干，争起工资来比谁都积极，你们还知不知道羞耻？"吓得那些想加工资的人一个个都跑了。

那时，一般干部的级别为二十二级以上，科级则定在十八级与二十二级之间，副处以上通常在十四级至十七级。按照原来定的级别，县里工资级别最高的是陈池龙和县委王书记，都是十四级。陈池龙看大家吵工资吵得那样凶，他主动让财政科的同志把自己的级别调低了一级，为十五级。这样一来，大家就没话可说了。通讯员小李已经跟陈池龙几年了，知道陈池龙的脾气，说话随便了点儿，他替陈池龙抱不平说："人家都吵着要加工资，你倒好，自个儿把自己的工资调低了。你难道不知道工资是一个人一生一世的事吗？你怎么会这样糊涂呢？"

陈池龙被通讯员说着，一点儿也不生气，反而笑呵呵地说："够吃够喝就行了，要那么多钱干什么？"

通讯员说："满天下去找，可能再也找不到第二个像你这样傻的人了。"

陈池龙说："我就是我，这个世界也只能有一个陈池龙。如果有第二个、第三个陈池龙就不好玩儿了。"

后来，陈池龙自己给自己降低级别的事让地委领导知道了，便通知县委王书记给纠正过来。

陈池龙嘴上说钱没用，心里头却仍然清楚钱的重要性。他让通讯员从他的工资里拿出一部分，每月固定给在乡下的两个孩子寄去。陈池龙虽然有他粗心的一面，但他不可能粗心到连两个孩子的生活费都不懂得给的地步。他觉得他休掉九红、重新建立一个家庭是一回事，而照顾培养两个孩子又是另一回事，两者不能混为一谈。当然，从内心来说，他想给九红一些经济上的补偿。

那些日子，陈池龙一直心情不好，老担心有什么事要发生，他先是怀疑任雯在朝鲜战场上出了什么事，结果吓得冷汗都冒出来了。可是时隔不久，他就收到任雯的来信，告诉他在那边除了生活艰苦一点儿，战斗环境恶劣一点儿外，一切都好好的，请他不要挂念。陈池龙那颗悬着的心总算踏实了下来。

尽管如此，他的心里还是莫名其妙地烦着，干什么事心里都发虚，很难一心一意用心去做。陈池龙小时跟爷爷做过几年道士，对迷信那一套历来半信半疑，也相信，也不相信。如今虽然已经参加革命多年了，那种观念仍然无法改变过来。他总觉得当一个人心烦意乱不能用心做事时必然要发生什么事，这也是他多年得出来的经验，不管是错觉也好，巧合也好，反正他就认这个理。

陈池龙担心有事，事情果然就来了。

一天下午，陈池龙正准备下班，女儿陈小小突然来到了他的办公室。陈小小脸色发青，额头上全是豆粒般大小的汗珠，她气喘吁吁的，显得很不安、很悲伤，像随时都要哭出来的样子。陈池龙忙问到底发生了什么事。陈小小"哇"的一声哭了起来。她告诉陈池龙，陈冬松病了，眼下已经住进县医院里了。

陈池龙一听，"咚"的一下，脑袋瓜儿涨得有米瓮大，赶紧随陈小小去了医院。后来陈池龙才知道，陈冬松生病后，先是在乡卫生院里治疗，可治来治去，越治病情越重，九红就赶紧送他到了县医院。

九红并不打算把陈冬松生病的事告诉陈池龙。她想，所有的灾难让她一个人承担好了。但她心里又非常矛盾，就像上回两个孩子说要去城里看看县长父亲，她既希望他们去，又担心陈池龙会怎么看待这件事。现在陈冬松生病了，她的心情一样很矛盾。她想不到陈小小会跑到县里把陈冬松生病的事告诉陈池龙。因此，当陈池龙走进病房时，九红感到非常的突然，四目相对，弄得两个人都很尴尬。

陈池龙心里想着，大概已经有十几年没见到九红了吧？他发现眼前的九红简直跟过去判若两人，变得又老又黑又瘦。陈池龙心里突然涌起一股酸楚，觉得自己多少有对不起人家的地方，不说别的，两个孩子就已经够她操心了。而孩子也有他陈池龙的份儿，又不光光是她一个人的。但当他一想起她曾经失身于王世吾，而且上回镇压王世吾时连站出来揭发的勇气都没有，他的心情又变得非常非常的不好，觉得无论如何不能原谅她。

陈冬松患的是急性肺炎，高烧四十摄氏度，烧得他满脸通红，一直处在半昏迷的状态中。医生并不知道陈池龙是一县之长，但看他那样子，就知道他是孩子的父亲，便一个劲儿地埋怨他不该那么不负责任，等孩子病成这样了才送到医院来。陈池龙觉得自己理亏，连连点头称是，承认自己是太大意了，没有尽到一个做父亲的责任。

陈冬松高烧一直烧了几天才退了下来。那几天陈池龙几乎寸步不离病房，天天就守护在陈冬松的病床前。一会儿给他做冷敷，一会儿端水给他喝，一会儿又端尿盆给他小便，看得那些医生、护士都感动了起来，说看起来那么粗枝大叶的人，做起那些事情怎么会像女同志一样，那么细心和认真。

最难熬的是下半夜，由于烧一直没法儿退，到了下半夜医生仍然得给陈冬松挂点滴，这样一来搞得在一边看护的人都不能睡。陈池龙就让九红睡去，自己坚持在一边看护。九红心里疼惜陈池龙，她哪里忍心让陈池龙熬夜呢。她说，她要是给累倒了就倒了，没什么大不了的事，过几天自然就好了。陈池龙却不一样，肩上还挑着重担子，倒了可不得了！她说就让她看护孩子吧。

没想陈池龙却生气了，他几乎不容置疑甚至有点儿冷酷地说："你以为我让你睡去是心疼你吗？我心里放不下的是孩子。"

九红便不敢再说什么了，由着陈池龙去，但孩子病成那样，她哪还有心思睡，只在孩子的床前眯了一小会儿眼就又惊醒了过来，不敢再眯了。两只眼睛睁得大大的，没有了一点儿睡意。

夜深人静，病房里的病人和负责伺候病人的家属这时都已经睡了，一个病房里这会儿就陈池龙和九红两个人没睡。陈池龙突然发现这种场合非常微妙，让人觉得很别扭。他和九红到底算是什么关系呢？夫妻吗？显然早已不是了。那么，他们现在到底该算是一种什么关系呢？

陈池龙终于打破了沉默。他对九红说，为什么不可以重新开始一种新的生活呢？别对他抱有任何的幻想。尽管对她的过去，他已经原谅，他也表示同情。但是原谅和同情不等于他要回到她的身边。他当初下定决心要离开她，就没有打算要重新回到她的身边了。因此，九红如果对他还存有什么念头的话，那真是多余了。

陈池龙发现他在说这些话时九红面无表情，眼睛始终一眨不眨地看着一滴一滴往陈冬松的血管里流去的吊液，又好像用心在数着它们。陈池龙的话对她来说似乎一句也没听进去，甚至根本就不觉得那些话是冲她说的。陈池龙觉得他和九红之间已经没有任何话好讲，说来讲去，就是那么些话，有什么意义呢？第二天一大早，陈池龙看陈冬松烧也退了，就离开了医院回县里上班去了。

陈池龙一旦忙起工作来，就什么都顾不上了。他天天都在提醒自己，一定要抽出时间再去医院看看冬松，可提醒来提醒去，最终还是把那事给忘了。等到两天后他想起儿子还在医院，急急忙忙往医院赶时，陈冬松曾经住过的那间病房里已经住进了新的病人，哪里还有陈冬松和九红他们，一问才知道九红他们早已办了出院，结果心里懊悔了老半天，觉得自己实在是对不起孩子。

第七章

1

一九五三年七月二十七日，中国人民志愿军司令员彭德怀专程赶往开城，并代表中方在《朝鲜停战协定》上签了字。至此，进行了三年之久的朝鲜战争宣告结束。朝鲜战争的结束，提高了中国在世界上的地位和威望，打破了美国妄想侵吞整个朝鲜进而把侵略的战火烧到中国的企图。难怪代表美国在协定上签字的美国"联合国军"司令克拉克事后说：美国将在一个没有打胜的停战书上签字，这在美国历史上是第一次。

朝鲜战争即将结束的时候，陈池龙正在福建边防沿海筹建6413工程。该工程实际上是为了配合解放台湾，由中央军委直接指定在福建闽中县修建的一个二级战斗机场。福建为此专门成立修建委员会，由省委省政府领导亲自抓。闽中地委具体组织施工，并成立工程处。工程处又下设办公室、政治处、施工处等。

工程处主任由地委或专员公署派一位领导挂个虚职。真正担任实职的一名副主任，地委原来计划让县委王书记担任，后来陈池龙不知从哪里得到消息说要建一个军用机场，立马找地委要求说什么也要去当这个副主任。

他说，如果是民用机场也就罢了，问题是建军用机场呀！他当了十几年的兵，当初一下子让他离开了部队，心里总觉得不是滋味。现在虽然已经没有回部队的机会了，但只要能让他为部队的机场做点儿事，过过部队的瘾，也就很满足了。

地委领导看他决心那样大，再说，确实也需要派一个对机场工作比较热心的人去负责这项工作，也就同意了他的要求，决定换下王书记让他去。陈池龙接到通知后，当即扛起背包去筹建处报到。

机场筹建处选在闽中县沿海的一片草坡上，离县城不到五十公里。由于参加机场建设人员全部是从省里、军区、地、县和空建六师临时抽调来的，大家彼此都不认识。陈池龙去的时候，大多数人都还没到齐，民工也没到位，加上连一个现成的住处都没有，只在一块山地上搭盖着一处临时的帐篷，整个筹建处就显得冷冷清清。陈池龙最无法适应这种环境，觉得像是心里头长了一片草，有一种说不出的难受。

当时，空建六师的熊参谋长已经到筹建处报到了，陈池龙天天就找熊参谋长说一些关于部队上的事。熊参谋长老家在山东，也是随大军一路打到福建的，他们的话题因此有许多共同的地方。陈池龙说，回地方工作后，他才知道还是部队好。他一点儿也不喜欢地方，他说要是有一天能够重回部队，又过过部队的生活，那才叫好。他还告诉熊参谋长，他的未婚妻任雯现在还仍然在部队里，在朝鲜战场上打美国佬。他说着，自豪之情，溢于言表。陈池龙觉得当自己提到任雯时，心里相当甜蜜。

除此之外，需要他们去做的大量工作就是动员和说服老百姓搬迁。在整个机场规划用地内，一共住有三百多户群众。许多群众对搬迁工作想不通，说什么也不愿意搬。陈池龙偏偏是个急性子，非得让那些群众限时限刻，非搬走不可。他对那些群众说："你们难道不知道这是国防建设的需要吗？是为了打老蒋吗？要是老蒋不打掉，有一天老蒋反攻大陆，遭殃受罪的还不是你们，还不是我们大家？"

那些群众中有的知道陈池龙是自己的父母官，就说："你们政府去哪里建机场不行，为什么偏偏要建在我们这里？要是让你陈县长把自己家里的房子给扒了，你会怎么想？"

陈池龙听着，觉得那些群众讲得并非完全没有道理。金窝银窝不如家里的狗窝！谁不恋家，谁不说俺家乡好呢？如今要让他们离开祖祖辈辈居住过的地方，谁的思想会那样开明，政府说声搬，他们就老老实实搬了呢？

碰到这种情况，一向粗心的陈池龙也是张飞穿针——大眼瞪小眼，没办法！只得动员筹建处的同志挨家挨户去给群众做思想工作。

筹建处大都是男同志，女同志少之又少，总共才两个人，一个是从当地乡政府临时抽调来的乡妇女主任叶玉萍，一个是从县里来的张丽仙。

张丽仙在建机场前是机关医务室的一名医生，三十岁上下年纪，长得又苗条又好看，这次建机场需要一名医生，她便被选派来了。对她，陈池龙几乎没什么印象。过去在机关时，陈池龙曾经因患感冒去过几次医务室，跟张丽仙打过几次照面，只觉得她长得蛮漂亮的，但印象不深。不过，平时倒是有人在他面前提起过机关医务室里有一个老姑娘，谈过一次恋爱失败了，感情上受过挫折。机关医务室里就两名医生，一个是男的。陈池龙想大家讲的一定就是她了。

陈池龙只得把两个女同志请出来，让她们去做群众的思想工作。叶玉萍说："要是一家一户走过去，等思想都做通了，差不多要到明年了。"

陈池龙给她鼓气说："如果连这一点儿自信都没有，机场还要不要修建了？"

陈池龙便给她们下了死任务，限她们在十天之内必须做好群众的思想工作，否则，提着脑袋回来见他。陈池龙说到最后一句话的时候，忍不住笑了起来，觉得自己有点儿可笑，还是拿部队的那一套来吓唬她们。

陈池龙想不到叶玉萍她们的工作会开展得那样顺利，没几天工夫，原先不愿意搬迁的群众思想都给做通了。其实，群众不愿意搬只是一种情绪，他们反感和厌恶的是那种强制性、命令性的长官意志。思想工作做到家后，他们还是非常支持政府工作的。二话不说，拖家带口搬离了机场修建区，去政府为他们安排的地方安家落户去了。

忙了几天，累得张丽仙自己都病倒了；陈池龙知道后，亲自到她住的地方问寒问暖，还让人买了一袋水果给她送去，感动得张丽仙泪花滚滚。

群众搬迁工作顺利完成，两个女同志功不可没。陈池龙在召开的工程处全体建设人员大会上表扬了她们，两个女同志听了，心里美滋滋的。特别是张丽仙，她和叶玉萍不一样，她和陈池龙都是从机关里来的，能得到上级领导的表扬，那种感觉更是不一样，于是更加努力发奋工作，回报领导对自己工作的肯定。

到了这时，张丽仙才发现陈池龙是一个看似粗心、大大咧咧，实则非常细心的人，她甚至觉得陈池龙其实是一个非常完美的男人，有魅力、魄力，阳刚、豪爽，粗心又不乏柔情似水，凡是优秀男人身上所必须具备的都让他给占去了。

在机关的时候，她就听人说起过陈池龙曾经离过婚的事，后来又找了一个，那个未婚妻是一位长得非常漂亮的皖南姑娘，现在还在朝鲜战场上。张丽仙心里就想，那个姑娘真是好福气，碰上了陈池龙这样一个好男人，又不禁想起自己，觉得自己的命真是糟透了！

由于对陈池龙的印象特别好，平时在叶玉萍面前便经常提到他，说陈池龙这陈池龙那，唠唠叨叨说个不停。有时，看陈池龙把脏衣服换下来也没时间去洗，就一声不吭地抱着去给洗了，晾干后又把它们叠得齐齐整整地给送回去。

陈池龙要换穿衣服的时候，看着自己那被叠得非常整齐、洗得干干净净的衣服，也不问到底是谁给洗的，拿起来就往身上套。他闻着衣服洗净晒干后散发出来的香味，嘴里说："真香呀！"

叶玉萍看在眼里说："知道是谁帮你洗的吗？"

陈池龙说："谁洗的都一样，反正有人洗就行。"

确实，陈池龙并不在乎到底是谁帮他洗了衣服。洗洗涮涮、缝缝补补之类的，男同志做起来不方便，有人帮着做也是很正常的。

陈池龙不反对，张丽仙就次次帮他洗。凡是臭鞋烂袜，能找得到的她全抱着洗去了。叶玉萍冲她开玩笑说："你爱上陈县长了？"

张丽仙好像藏在心里的秘密被人揭穿了，脸红得像贴上了一层红布，她忙辩解："你不要冤枉人好不好？你再胡说，我可要生气了！"

叶玉萍说："你生气吧，反正你的眼睛骗不了我！"又说，"其实，要我看，陈县长当大官，你长得漂亮，你跟陈县长倒是挺般配的一对。"

陈池龙与原配离婚，并在等一个皖南姑娘的事，几乎全机关的人都知道。叶玉萍长期在基层工作，却不知道。她是个爽快人，又是个热心人，她很想为陈池龙和张丽仙促成一桩好事。闲着无事，叶玉萍更多的是为了探陈池龙的底，她说，她准备为陈池龙介绍一个对象。

陈池龙觉得好笑，他有口无心地说："好呀，是哪一位呀？"

叶玉萍说："你是真的不知道，还是有意装糊涂？"

陈池龙说："这句话问得就怪了，我为什么要装糊涂？"

叶玉萍就说出了张丽仙的名字，陈池龙有点儿吃惊，他说："你有没有搞错？如果要找张丽仙，那么当初我还跟我的妻子离婚干什么？"

叶玉萍被他的话搞糊涂了，又不敢再往下问，这个疙瘩就在心里埋着。直至后来有一次，她去县妇联汇报工作，聊天儿中偶然提到陈池龙，她才知道陈池龙为什么休掉原配和其他的一些事，吃惊得她差点儿没叫出声来："是吗？堂堂的一个县长原来思想那么封建！"

在叶玉萍想给陈池龙介绍对象的时候，朝鲜战争已经结束。当陈池龙从报纸上得到消息时，兴奋得不得了，他想这下任雯回到他的身边应该没什么问题了。筹建处的条件差，但他还是让食堂的同志去弄了一些酒菜，叫来熊参谋长，两人一起喝得烂醉。他边喝边得意扬扬地告诉熊参谋长："你知道吗？我要结婚了！我的未婚妻要从朝鲜战场上回来了！"

2

6413工程上马不到半年，突然上面一纸通知，宣布停建了。陈池龙正干在兴头上，心里一百个不理解，打电话去问地委，地委说他们也是传达上级的指示，至于什么原因，他们也不清楚。他们让陈池龙服从命令，停建就停建吧，不要什么事老爱刨根问底。陈池龙一肚子牢骚，说花了那么多的人力、物力、财力，轰轰烈烈地干了半年，简直在开国际玩笑！

两天后，陈池龙打起铺盖卷回到县里上班，心情却一直好不起来，好像打了一场败仗，而这场败仗是由于他指挥不当、指挥失误直接造成的，羞得他连跟机关的那些老熟人打照面都觉得难为情。上下班的时候尽量躲着人家走，就是坐在办公室里或布置工作任务，也觉得自己像是做了什么亏心事，不敢像过去那样粗声大嗓门儿，理直气壮，发号施令。

陈池龙觉得过这种日子简直让人窝囊透了！

日子在一天天过去，转眼朝鲜停战已经半年多了，陈池龙却仍然没有等到有关任雯的消息。如果是正常情况，任雯这时应该来福建了。陈池龙注意到，那些闽中籍赴朝参战的志愿军早已一个个回到国内，回到闽中了，唯独不见任雯。这下，陈池龙急了起来，不明白任雯到底出了什么事。他三天两头就问通讯员有没有任雯的信，通讯员要是回答得慢了点儿，他就会莫名其妙地跟通讯员发火，吓得通讯员一句也不敢吭声。

因为任雯的事，陈池龙被弄得天天坐卧不安。后来，他索性让通讯员去民政部门把那些已经回到闽中的志愿军人员的名单统统拿回来，然后把那些人一个个请到他的办公室，向他们打听朝鲜战场的一些消息，到关键的地方，一个细节都不放过。结果打听来打听去，最终也没有打听出什么名堂来。到后来，连他自己都觉得再打听下去已经没有什么意义了，心里又着急又失望。

终于有一天，偶然中陈池龙从赴朝参战的一位老兵那里得到一个非常重要的线索。那位老兵告诉陈池龙，去朝鲜战场至今没有回来的只有两种可能：一种是在战场上牺牲了；另一种就是在战场上成了战俘，而战俘也已经全部回国了，现在都被收留在东北辽宁省北部一个叫昌图县的地方。

老兵告诉陈池龙，他的一个战友就是战俘。那批战俘里有男有女，少说也有五六千人。老兵知道陈池龙是自己的父母官，说话难免谨慎一点儿，当他说到后一种可能时，几乎不敢正眼去看陈池龙。但他一直在替那些战俘辩解，他说并不是说战俘就是思想不好的人、坏人。战场上的事是很难讲的，什么时候会成为战俘谁都难说，俗语说："夜路走多了难免会遇上鬼。"一样的，天天跟敌人打仗，谁也不敢保证哪一天自己会成了敌人的俘虏。

尽管老兵把战俘的事一再轻描淡写，但陈池龙还是听得满头大汗。

很显然，他确实相当不情愿把战俘与任雯联系在一起，那是不可想象的。他太相信任雯了，就是死，她也不会成为敌人的俘虏。可事实似乎又支持了老兵的说法，要么牺牲，要么成为战俘，否则，到现在她没有任何道理不来福建。当然，陈池龙也想过任雯会不会回太平了，转而想那简直一点儿可能也没有，因为任雯在太平已经没有一个亲人了，她根本就没有回去的理由。

陈池龙在非常惶恐和不安中又苦苦等待了几个月，但仍然没有等出任何结果。陈池龙看出了问题的严重性。他忽然决定要去东北走一趟，把事情弄个水落石出，看任雯到底出了什么事。

陈池龙历来是一个怎么想就怎么做的人，而且组织性、纪律性极差。他不打算就这事向上级请假。他知道请假了也是白搭，上级不可能同意他去东北。他叫来了通讯员，对他说，他个人有点儿事，需要去福州几天，就别对他人说了。

小李自然知道事情并不像他讲的那样简单，却不敢阻拦，只讲："陈县长，你可早去早回呀！"说着眼泪都下来了。

陈池龙心烦地说："知道了！知道了！"就让司机带他去福州坐火车。

才是初冬的天气，陈池龙却感觉到火车越往北开就越觉得寒风凛冽，冷不可支。他记得小时候大人们曾经对他说，北方那个冷哪，捏鼻子鼻子掉。陈池龙想还是通讯员聪明，临走的时候给他塞了一大堆的棉袄棉裤，要不自己真的要冻成冰棍儿了。

火车没有直达东北的，车到北京站的时候，陈池龙又换乘了一趟火车。上车后，他才发现坐在他周围的几个人全都是穿着军装的军人。不知道为什么，一见到当兵的，陈池龙从心底里就有一种说不出来的亲切感，好像又回到了过去从军的岁月。

火车才离开站台不久，就像是碰见了熟人似的，他就开始跟他们聊了起来。谈话中才得知朝鲜战俘回国后，政府在辽宁昌图临时设立了一个机构叫"归来人员管理处"，也就是"归管处"，专门负责接收转化那些被俘回国人员。而这几个人就是总部派他们去东北"归管处"给那些战俘当文化教员的。

陈池龙一听，差点儿没在座位上跳了起来。他想真是无巧不成书，天下竟有这么巧的事吗？他想去东北"归管处"，想不到居然跟"归管处"的人坐在一趟火车上，而且坐在一起来了。

当那些军人听说陈池龙要去的地方也是东北"归管处"时，都用一种异样的目光看着他，那种眼神很让陈池龙受不了。军人们便问陈池龙去"归管处"找什么人，陈池龙坦诚地跟他们说找他的未婚妻任雯。军人们看陈池龙并没有把他们当外人，便不再问什么，而是就"归管处"的话题一路上东一句西一句地聊着。

陈池龙发现，其实那些军人并不像他想象中的那样教条。他们看待问题很公正、很客观。比如，在看待那些战俘的问题上，他们就觉得那不全是战俘的错，在一些特定的环境下，许多不可测的因素实在太多了，你要想不成为战俘都很难。因此，如果把战俘一概说成右倾保命是不对的，关键要看你的思想动机。即使对那些思想不是很健康的战俘，他们的原则仍然是，要打消顾虑，消除对党的误解，正确认识党的政策，端正自己的思想态度，积极主动讲清问题，交代时要忠诚老实，实事求是，不扩大，不缩小。只有这样，才能取得组织的同情理解，得到从宽处理。

从头到尾，就像是任雯真的成了一名战俘。陈池龙始终态度非常谦恭、诚恳，他不停地给那些军人分烟抽，替他们去开水间打开水。好像只有这样，任雯才可以得到从宽处理一样。他并且一再向军人们表白，任雯绝对不可能心甘情愿当战俘的。因为他太相信任雯了，她宁可牺牲自己的生命，也绝不会向敌人屈服、投降的。如果她真的成了一名战俘，也必然有其客观方面的原因。否则，连他也不会原谅她的。一路上，陈池龙就像是一个上了年纪的老人，没完没了地说着他对任雯永远无法改变的美好印象。到后来，听得那些军人都觉得没劲儿，懒得再听，有的把脸转向窗外看火车外的景色，有的干脆闭目养神起来。

"归管处"坐落在辽宁省北部昌图县的全家镇，那也是朝鲜战俘回到祖国后的第一个落脚点。"归管处"是总部委托东北军区组建并代管的。被俘人员初到"归管处"的几个月，主要是恢复体力，医治创伤和熟悉社会主义祖国建设事业的发展现状。被俘人员在"归管处"的很长一段时间里是进行整训，整训的主要内容是对被俘人员的政治审查和根据审查结果进行分别处理，这也是"归管处"组建的最主要的任务和目的。"归管处"总的原则是贯彻中央"二十字方针"：热情关怀、耐心教育、检查交代、弄清问题、妥善安置。

在火车上认识的几个军人对陈池龙寻找任雯起了很关键的作用。到了"归管处"，几乎不费任何周折，他就得到"归管处"管理人员的热情接待。听陈池龙说要找一个叫任雯的女兵，"归管处"的管理人员拿出所有被俘人员的花名册逐个查了几遍，可就是找不到一个叫任雯的人。

陈池龙既感到欣慰，又感到失望。欣慰的是他虽然连做梦都想见到任雯，但绝不是在这种地方，这种场合。他欣慰他总算没在"归管处"这种地方找到任雯，那也是最让他为任雯感到骄傲和自豪的地方；失望的是他为自己至今仍然找不到任雯而感到心灰意冷。他想不出任雯到底上哪儿去了，难道任雯真的会像空气似的，在地球上蒸发掉不成？

陈池龙不死心，仍然一遍又一遍地翻着被俘人员的花名册。就在这时，他的眼睛一亮。因为在女被俘人员的名单里，他看到了一个非常熟悉的名字：刘香兰。他的目光在刘香兰的名字上停留了足足有两分钟后，突然叫了起来，他对管理人员说，如果不是同名同姓的话，她就是当年在皖南新四军后方医院的刘香兰了。陈池龙心里激动得不行，心里想找到了刘香兰不就可以找到任雯了？

其实，管理人员给陈池龙看的不过是一个简单的花名册，更为详细的档案材料并没有拿出来。那是制度，也是纪律。看陈池龙那样激动，管理人员翻了翻刘香兰的个人档案材料，他问陈池龙："你说的那个刘香兰是不是安徽太平人？今年三十岁？护士？"

陈池龙听着，激动得连呼吸都变得急促了起来。他说："没错，没错，就是她！"

他向"归管处"的同志提出要求，说能不能见一见刘香兰。在"归管处"，这类事情见多了，几乎每天都有从全国四面八方赶来探望的家属。"归管处"的同志便在一间小客室里安排陈池龙和刘香兰见了面。

花名册里的刘香兰果然是陈池龙要见的那个刘香兰。

在最初见到刘香兰的那几分钟里，陈池龙几乎已经不敢认她了。只见她眼神灰暗、精神颓丧，头发有点儿凌乱。她两只眼睛定定地看着陈池龙，很显然她一时无法判断眼前的陈池龙究竟是什么人，自己跟他又有什么关系。陈池龙简直无法相信她就是几年前那个快人快语、讲话不给一点儿面子的刘香兰，心里不禁有些伤感。不知过了多久，陈池龙终于说："刘香兰，难道你真的一点儿都认不得我了？"

刘香兰眨了眨眼，突然，她的眼睛放出光来，她盯住陈池龙说："你是任雯的未婚夫——陈池龙？"

陈池龙说："你终于认出我来了！"又说，"你怎么会到这里来了呢？任雯呢？她去哪儿了？"

陈池龙的一连串提问使刘香兰的嘴唇不断地哆嗦，眼睛里蓄满了泪水，结果越蓄越多，终于她放声大哭了起来，搞得陈池龙心里很不忍，拼命劝也劝不住。过了好长一阵子，刘香兰才含着泪水给陈池龙讲了关于任雯的一些事情。

像在国内时一样，任雯她们到朝鲜战场后，担任的主要工作仍然是，要么在战地医院搞护理，要么负责护送从战场上抬下来的重伤员。通常情况下，战地急救队员一般都是由男同志担任的，任雯她们只是负责护理。但由于战斗环境严酷，特别是战争后期，部队伤亡大，许多男急救队员都牺牲了，任雯、刘香兰和不少女兵便都报名参加了急救队。

任雯她们的急救队在一次执行任务时中了敌人的埋伏，她们一共才五个女兵，而敌人却足足有一个排的人马。敌人的出现让她们始料不及。从敌人的表面现象看，敌人并不想消灭她们。对一群武装精良的敌人来说，要消灭她们几个女兵确实是一件易如反掌的事。几个女兵对自己的处境当然非常清楚。其实，事情突然得使她们根本来不及考虑该怎么办，她们就已经成了敌人的俘虏。

敌人分出一个班的人员押着她们往敌据点走去。那是一条阴森森的山区小路，路两旁长满了各种树木和青藤。许多不知名的怪兽虫鸟在此起彼伏地叫个不停，听了让人毛骨悚然。处在那种环境中，要想让女兵们不怕那是假的，她们的内心充满了对前途未卜的担心和恐惧。

在五个女兵中，最怕的就是任雯。她一直紧挨着刘香兰的身边走着，手紧紧抓着刘香兰的手。任雯害怕的并不是敌人会把她们弄死，她担心的是敌人可能会对她们的身体进行百般凌辱和糟蹋。任雯最担心的就是这个。那样，即使让她活了下来，对她来说也已经没有任何意义。

她是一个非常看重自己童贞的女人，她不可能容忍自己苟且偷生。再说，她已经答应过陈池龙，要为他守住自己的童贞。不管在什么时候，她都不会背叛他的。她便把自己的担心告诉给了刘香兰。她小声问走在身边的刘香兰说，敌人到底要把她们弄到哪里去，敌人到底要把她们怎么样？

刘香兰心里也是乱麻一团，许久才说："落在这些禽兽手里，你说会怎么样？"

任雯不无担心地说："你的意思是说他们会糟蹋我们？"

刘香兰心里越来越乱，没有回答。任雯越想越怕，忧心忡忡地说："你说呀？他们真的会糟蹋我们吗？"

刘香兰仍然没有回答。她的不回答在任雯看来，等于告诉她有一个刘香兰不便明说的长长的噩梦在等着自己和她的伙伴们，而那正是任雯无论如何都不能接受的。

刘香兰无论如何也想不到自己的话对任雯那样重要，她和她的伙伴们更想不到任雯会采取极端的行为。任雯的行动之快让她和她的伙伴们以及那些敌人目瞪口呆！

那时她们已经走到砂川河公路桥的桥上了，桥下河水汹涌澎湃，哗哗作响，一去不回。任雯几乎是用闪电般的速度不顾一切纵身跳进了波涛翻滚的砂川河里的。

好一会儿，敌人才算明白过来到底发生了什么事。他们连忙掉转枪口接连朝河里打了许多的子弹。但是刘香兰她们看到砂川河河面上除了一泻千里的河水外，根本就看不到任雯的身影。刘香兰和她的伙伴们不禁失声痛哭，大声喊着任雯的名字，喊声却早已被哗哗作响的水声给淹没了。任雯这一去便没有了任何的消息。女兵们确信，在那种情况下，任雯不可能死里逃生，她必死无疑了。

刘香兰替陈池龙分析说，要不是陈池龙，任雯不可能会走极端的。因为至少她们还没有足够的证据能够证明那些敌人会糟蹋她们。后来的事实也证明了这一点。这是一。第二，任雯连做梦都在盼着能够跟陈池龙见面的那一天，非到万不得已，她不可能想到死，死是她无奈的选择。她曾经多次对刘香兰说，在选择死还是保住贞操的关键时刻，她宁愿用自己的生命去换取自己的操守。否则，即使让她活下来，她也无颜活在世上，更无颜去面对陈池龙。可见，任雯的选择完全是为了保住自己的操守，完全是为了陈池龙的。

刘香兰说完，泪如泉涌。一会儿，她稳住自己的情绪，对陈池龙说："任雯所做的一切确确实实都是为了你，就是到死的那一刻，她也是为你而死的，她实在是太爱你了。她要保全一个纯洁的身体给你，你难道一点儿也不觉得自己很幸福？如果真的是那样，那你就太对不起她了，任雯也死得太不值得了！"

刘香兰又说，其实，话又说回来，要是知道有今天，当初她还不如跟任雯一起去了，现在就不会是一个战俘，背着一个永远也洗不掉的大黑锅了。现在看来，任雯当初的选择也许是对的。任雯死得很悲壮，谁都在替任雯的死感到惋惜和痛心。至少，在抗美援朝的功劳簿上，有着任雯的英名，任雯将名垂千古。反过来，要是任雯没有走出那关键性的一步，而是跟她一样沦为一名战俘，那么，像任雯那样一个有着地主身份的家庭背景的女孩儿来说，任雯所要面临的精神压力就更大了。

刘香兰边说边看着陈池龙的反应。她发现她在说任雯的事情时，陈池龙的面部表情始终因为痛苦而变形着。他不停地大口大口地吸着烟，目光呆呆地盯着什么，很久都没有改变那种姿势。看他那种样子，刘香兰心里害怕极了。她非常后悔自己不该跟他说那么多关于任雯的事，但话已经说出来，想后悔也已经来不及了。他终于说，是我害了她。

3

几天后，一身疲惫的陈池龙回到了闽中。

一回到县政府，看到大家三五成群地围在一起议论着什么，看到他走来，便都赶紧散开去，不用问，他就知道大家在谈论什么了。看他们那神神秘秘的样子，好像他此行的地方不是东北，而是下海投敌去了一趟台湾回来似的。

要是过去，像类似的情况，他一定会把他们骂得狗血喷头。但现在，他没有那份心情。他的心情糟糕透了，沮丧极了。他根本就没有多余的心思去管那些乱七八糟的事。东北之行，让陈池龙感到极其意外和深深的失望。他想不到他和任雯相互苦苦等待，会是那样一种结局。他为此痛苦不堪。任雯至死不屈的操守虽然令他感动不已，但现在想来，更多的则是一种罪过，因为自己的封建和执着，才使得任雯走向绝路。他实在是罪孽深重呀！东北之行，让陈池龙消沉了好一些日子，整个头脑就是想任雯的事，一会儿想任雯一定没死，她死里逃生，被人救起来了；一会儿又想任雯一定死了，否则，朝鲜战争都结束这么久了，她早就应该到闽中找他来了。翻来覆去，想东想西，最终也没想出个名堂来。

事实上，到现在为止，陈池龙对任雯还没完全彻底地绝望。当刘香兰告诉他任雯跳进砂川河的那一刻，他就有一种侥幸的心理，心里想着：任雯不可能说走就走了。她一定会被朝鲜的哪位阿妈妮或是大爷大叔给救起来，然后就隐居在她或他的家里养伤，调理身子。总有一天，她会来到他的身边，而他也一定会找到她的。这种坚定的信念成了支撑他生活和工作的巨大动力。否则，他想他会垮下去的。

从东北回来后，陈池龙的脾气变得越来越古怪，他更爱发火了，通讯员小李自然又成了他的出气筒。有时，他会因芝麻大的一点儿小事破口大骂通讯员，指责通讯员什么事都没给他办好。通讯员起初总觉得自己很委屈，他想不出自己错在哪儿了，后来也看出陈池龙发火的原因并不在于自己做错了什么事，而在于他本身的心情不好，也就不把它当一回事，硬着头皮让陈池龙骂了。

而陈池龙其实也并不是连一点儿道理都不讲，他已经觉出自己有些事确实很不讲道理，但他就是克制不住自己，事情做过之后又很后悔。一天，他当着通讯员的面说："小李，这些日子我心情不好，爱乱发脾气，你可别怪我呀！"

一个小小的通讯员没想到县长会跟自己这样讲话，感动得不得了，忙说："陈县长说到哪儿去了，都是我的工作没做好惹县长生气的，今后我好好改进就是了。"

陈池龙说："明明是我不对，要你承认什么错误？别学那些虚虚伪伪的东西，听了让人心里不爽快！"

有时候，陈池龙会突然想起乡下的两个孩子，不知道他们生活过得怎么样。陈池龙一直觉得自己有点儿对不起他们，因为不管怎么说，九红没有错，两个孩子更没有错。陈池龙也曾经想过把两个孩子接到城里来，然后供他们吃住，培养他们读书，后来又想这样不妥，他知道两个孩子是九红的命根子，他们走了，九红也就失去了精神支柱。想让两个孩子来城里读书的事就一直没办，但每个月让通讯员给他们捎钱去却是雷打不动的。陈池龙告诉通讯员就从他的工资里拿，一个月也别给忘掉。要是给忘了，到时打他的屁股。

除此之外，每隔一些日子，陈池龙会让通讯员买一些学习用具之类的捎到乡下给两个孩子。他觉得只有这样，他心里才会好受一些，才对两个孩子有所交代。

陈池龙最讨厌的是乡下动不动也给他捎些土特产来，像花生呀、柿子呀、笋干呀等。因为那样一来，陈池龙心里就更觉得对不起九红和两个孩子了。他交代通讯员转告他们以后不要再送了。这样弄了几回，乡下那边就不再往城里送东西了。通讯员对陈池龙的做法觉得实在不理解，不就是一点儿土特产吗？不就是人家的一点儿心意吗？为什么要计较得那样认真？他问陈池龙为什么。陈池龙说不为什么，反问他为什么要问那么多。

楼下传来很响的吵闹声，陈池龙听着，很久没说话，好一会儿才说："其实不是她的原因，是我自己的原因。是的，就是我自己的原因。"陈池龙看通讯员听得半懂半不懂，把话题刹住说，"记住！以后一次也别在我面前提起她，明白吗？"

几天后，地委一个急电打到县里，要陈池龙和县委王书记带县里副处级以上领导干部赶去地委开会。陈池龙一听说又是开会，忙推说要下乡去。县委王书记却说："不行！不行！地委点名我们两个人一定要去，不敢不去。"

陈池龙骂着："什么会那么重要？是不是又要把我树为什么反面典型啦？"

王书记说："我也不清楚，反正去了就知道了。"

这事还真让陈池龙说对了，但不是批评他一个人，而是一棒子打下去，不管轻重大家都挨了。

地委这回招的不单单是闽中县的领导，而是把整个地区九个县的主要领导统统招了去。原因是平潭县的一个副县长恋上一个城里的未婚姑娘，把家里的原配杀了，血流成河，差点儿酿成命案，还好抢救及时，总算把命保住了，但成了植物人。那位副县长因此被判十五年徒刑，打进了大牢。地委招大家开会，目的是为了举一反三，让大家不要翻身忘本，当现代的陈世美。会议开了整整一个下午，地委书记周映丁、行署专员马超轮流在会上做了长篇发言，着重强调了问题的严重性、危害性以及革命胜利后，共产党人必须面对权力、金钱、美女等等诱惑。

会后是分组讨论发言，马超参加了闽中县这个组。自从南下回地方工作后，陈池龙和马超见面的机会就少了。马超要陈池龙先发言。陈池龙说："要我说，那个副县长该枪毙，而不是判他坐大牢，让他拣了条命。"

马超说："这话怎讲？"

陈池龙说："还怎讲？你不要人家就不要人家嘛！把人家给休了不就得了，干吗还要杀人家？这样的人难道还不该枪毙吗？"

大家都听出陈池龙的意思来了，都笑。

马超说："所以你休掉她却不杀她？要我说，实际上你这样做比那个副县长的手段更毒！"一句话说得大家都笑了起来。

下午六点，会议结束后，地委特意留九个县的县长、书记们吃晚饭。陈池龙心情不好，本想一开完会就走人了事。地委却通知一个人也不能提前走，这顿饭非吃不可。

到了地委机关食堂，陈池龙才看出来地委领导的用意，地委领导原来是让大家吃忆苦思甜饭。一个人一碗薯条饭、一碗野菜汤就摆在大家面前，你吃也得吃，不吃也得吃。陈池龙穷苦出身，过去吃惯了那些东西，坐下来只几分钟，两碗东西就已经到肚里去了。等吃完抬起头擦嘴的时候，才发现周映丁正笑眯眯地坐在他的面前。

周映丁好像已经忘记了上次的不愉快，说："滋味不错吧？"

陈池龙故意说："好吃呀！如果行的话，给我再来一碗。"

周映丁说："不说笑了，我想找你谈谈。"

陈池龙知道周映丁一谈准没好事，心里已经有了几分反感，嘴上说："谈什么呢？还是那个老话题？"

周映丁笑了一下，没说。

这时，机关食堂里的人已经走得差不多了，就剩下周映丁和陈池龙两个人。周映丁这才说："前些日子你是不是去东北了？"

陈池龙心里一怔，搞不清楚消息怎么那么快就传到周映丁那里去了，回答道："去了。"

周映丁想不到陈池龙会回答得这样干脆，反而没话说了。过了一会儿，周映丁说："其实有些话不用我多说，晋江县副县长的事对你应该有所触动，再往下走，对你来说真的是很危险的。你为什么就不能回乡下把原配接到县城好好过日子呢？一个未失贞的女人对你来说难道真的就那么重要吗？"

本来，这件事对陈池龙来说早已不重要了，现在听周映丁咄咄逼人，再加上这些日子因为任雯的事，搞得心情极其不好，现在，他索性胡说八道起来，他告诉周映丁，为什么老是想改变他的选择呢？明明是人家吃过的苹果，为什么非得强迫他去吃呢？他为什么就不可以再选择一个别人从来没有吃过的苹果吃呢？撇开什么思想不思想不谈，他就是作为一个普通的男人，他也有这个权利。地委有什么权力要来管他个人的事呢？

陈池龙当面顶撞地委书记，当然让周映丁受不了。没过几天，地委专门印发一份文件下发到各个县、基层，虽然表面上是针对平潭县副县长的，但文件里也提到了有些人正在步平潭县副县长的后尘，一步一步走向腐朽堕落的边缘，早晚有一天会滑向资产阶级深渊的。文件虽然没有点名，但明白人一看就知道那是有所指的，点的人就是陈池龙。

陈池龙不是傻瓜，当然也看出了地委的用意。这时，他刚好听人说周映丁的原配、他的同乡陈秀珍前些日子生病死了，眼下周映丁夜夜不归，天天跟地区宾馆里的一个小服务员泡在一起，不由得一脸的鄙夷，骂着："贼喊捉贼哪！扯淡！"

第八章

1

"大跃进"的前一年，陈池龙刚好满四十二岁。

那是一个黄金般的年龄，大干事业的年龄，陈池龙只觉得浑身是劲儿，却没地方使，没地方发泄。很长一段时间，陈池龙一直觉得自己身上涨涨的、热乎乎的，像随时要炸开来，又总觉得自己像还有什么事没去做似的，整天心神不定，魂不守舍。他想不出这到底是什么原因。他先是怀疑自己得了什么病，不然的话不可能像热锅上的蚂蚁那么挠人，那么让人寝食难安，过后认真想了想，又很快把自己的怀疑给否定了。理由是：如果是生病，最起码得有几种表现症状，比如要么发烧，要么身上哪里有红肿疼痛，要么大小便不正常，要么出现一些不适的症状。但问题是所有这些症状，他几乎都没有。他简直壮得就像一头牛。既然这样，要说得了什么病，那就实在有点儿牵强附会了。

后来，陈池龙终于觉出自己其实什么病也没有，他发现自己是在想女人了，而且想得很厉害。他开始经常遗精，遗精的原因往往是在梦里梦见了任雯。于是，他不顾一切地朝任雯狂奔而去，然后和任雯首尾交叠，然后就觉得像有一发炮弹从自己的下体呼啸而出，不偏不倚正好打中了任雯的下体。遗憾的是他还没来得及体会炮弹飞出炮膛的快感，还没来得及体会鱼水交欢的乐趣，他从睡梦中醒了，发现自己的下体温温的、黏黏的、湿湿的，不用多想就明白是怎么一回事：他遗精了。

他已经不记得自己到底有多少年没遗精了，遗精是年轻人的事，他为自己的遗精感到心情激奋。但这种激奋时间非常短暂，前后只持续不过几分钟时间。随后，他便陷入了一种长时间的孤独和伤感之中。

他知道，任雯并没有像他在梦里所见的那样，如期而来。

每回遗精接下去的好几天时间里，陈池龙都会变得很慵懒，情绪变得很低落、很消沉，脑子里一直摆脱不掉任雯的影子。事实上，随着时间的一年一年过去，连他自己都已经觉出要等到任雯似乎已经是一件非常渺茫、完全不太可能的事。但他仍然还是非常固执地想着她，非常自信地认为总有一天，任雯会如他们所约，来到他的身边的。他没有任何理由不要等她。

任雯成了支撑他生活和工作的坚强的信念。身为一县之长，他日常的工作毫无疑问忙得不可开交。工作常常会使许多个人的小事变得微不足道，但是陈池龙在忙乱的间歇中，却仍然常常想起任雯。他不可能不想任雯。他想，任雯已经成了救治他的药，不想她，他就会心里难受，他就要死去。

过去一点儿也不关心政治的陈池龙也开始关心起了政治，尤其是国际形势关于朝鲜方面的报道。只要报纸一来，他就逐条逐条看着，认认真真的。他希望在那些报道里能够找到有关任雯的消息。

陈池龙长期打光棍儿在县政府机关已经成了大家工作之余谈论的一

个重要话题。大家不管在说什么，说着说着就说到陈池龙的事上去了，都觉得他实在是一个不可思议的人。依他眼下的条件，要找个把条件好的女人是件很容易的事，天知道他心里到底在想什么，为什么非要苦苦等待那个已经没有了任何消息的皖南姑娘？

议论归议论，机关里却谁也不敢当着陈池龙的面提起他个人的事，他们还没有那么大的胆量；全机关只有一个人敢，她就是叶玉萍。

叶玉萍几年前曾经跟陈池龙一起参加过筹建飞机场的工作。后来，因工作需要，从乡妇联调到了县妇联，当了县妇联副主任。关于陈池龙的事知道得多了，心里总算明白了过来，想着，难怪呢！当初介绍张丽仙给他，他打死都不要，原来他心里还装着一个皖南姑娘呢！

叶玉萍自认跟陈池龙有过那段工作经历，是老熟人了，她完全有责任去跟陈池龙说这件事。在机关里，只要一碰到陈池龙，她就要把他给拦住，然后给他泼冷水，说朝鲜战争都结束这么多年了，他要找的那个女孩子要来早就来了，还会等到今天？说了一大堆，目的就是要让陈池龙死了那条心，把心收回来好好组织一个家庭过日子。接着，便热心要给陈池龙介绍一个，介绍来介绍去，仍然还是县机关医务室的那个张丽仙。

陈池龙一听头就大了，连说不要不要不要，已经跟你说过多少回了，你为什么总是爱把她硬推给我？叶玉萍笑笑说，这话你说错了，怎么能叫推呢？这话要是让张丽仙听到，不知道人家该有多伤心！张丽仙有什么不好？人家关键是在感情上曾经受过挫折，要说长相，哪一点儿不如别人？其实，你可以先接触接触她。你连接触都没接触，你怎么就好拒绝人家呢？人家对你可是有情有义的。自从上回建飞机场后，这些年谁给她介绍对象她都不要，人家还不是在等你吗？

类似这种话题，陈池龙每回在机关里碰到叶玉萍，她都要拦住他喋喋不休地说个没完。弄得陈池龙哭笑不得，说什么都不是。一回，在机关大院里，叶玉萍把陈池龙给拦住了，带着几分诡秘对他说，你是不是听到人家说张丽仙什么了？陈池龙说，没有呀！叶玉萍说，我可跟你说，人家可是才刚刚谈恋爱就跟男的吹灯了，人家至今还是一个黄花闺女呢！

这句话陈池龙听了相当反感，觉得太可笑了，心里有几分讥诮：你怎么知道人家还是一个黄花闺女？你凭什么！你是不是又要让我啃人家啃过的苹果？当然，从心里说，啃没啃过对他来说已经不重要了。

叶玉萍却偏偏热心得让陈池龙受不了，好像不把两个人搞到一块不罢休。有好几次，她都把饭菜准备得好好的，想请陈池龙和张丽仙到她家里吃饭，没想都被陈池龙推了，气得叶玉萍当着张丽仙的面大骂起来："有什么了不起，不就是一个县长吗？要是把那顶乌纱帽给摘下来，就是乡下的农民大娘也看不上他！"她劝张丽仙别去理这种男人，越理派头越大了。她让张丽仙耐心等待，总有一天，她会让陈池龙乖乖地向他求婚。

叶玉萍其实并不知道张丽仙的心思。张丽仙虽然对陈池龙心存好感，也看出陈池龙除了脾气暴躁一点儿外，确实是一个很不错的男人，但是已经有过一次恋爱的挫折和教训，对那段过去她至今仍心有余悸，一直有一种一朝被蛇咬——十年怕井绳的担忧。在选择终身伴侣的态度上，便表现得尤为慎重，宁缺毋滥；宁愿一辈子独身，也不愿意重蹈过去的覆辙。更何况，她早就听人说过陈池龙在对待女人的操守方面要求非常苛刻。而她，又刚好有那么一段恋情，他能理解她、原谅她吗？当然，所有这些叶玉萍是不知道的。她对叶玉萍的拉郎配只觉得既好笑又无可奈何。

其实，不管是陈池龙或是张丽仙，他们都已经没有太多的时间去考虑自己的事情，不久，一场轰轰烈烈的"大跃进"运动开始了。

2

军人出身的陈池龙在战争年代平时最愁的就是没仗打。到地方工作后，他最怕的就是一坐几个小时，不死也不活最终还是要把你拖死的机关工作作风。现在好了，要搞"大跃进"了，那种感觉跟战争年代接到战斗命令几乎没什么两样。

从"大跃进"一开始，陈池龙便对这场谁都搞不清楚是怎么一回事的运动倾注了无限的热情。根据省里和地区的布置，县里立即召开县、区、乡三级会议，传达中央和省里关于农业和农村各方面工作在十二年内都要按必要的可能实现一个巨大的跃进的精神。他在会上说，人家都能做到，难道我们就做不到？好，你要是做不到也行，那你只能给人家当孙子！

县里还为此制定了一个"大跃进"的高指标。具体指标是，粮食总产量要求在年初六亿斤的基础上，突破十亿斤大关，力争达到十一亿斤；钢铁产量的指标定为一万吨，而全国当年的钢产量计划是一千零七十万吨。

那些日子，陈池龙把个人的事扔在了一边，一个心思就是工作。他几乎天天都要下乡。今天这个村，明天那个村，吉普车乡道窄进不去，他干脆带上一拨人一个村接一个村地跑，结果弄得随行的人一身疲惫，都埋怨说照这样没完没了地跑下去，不把腿跑断那才怪呢！陈池龙说等跑断了腿你才有资格说这话，腿没跑断你就得给我跑下去。

一九五八年的中国，大家像是一起中了什么邪，干什么事都糊里糊涂的，头脑狂热到常人无法理解的地步，只要能让钢铁和粮食产量上去就行。芒种时，全县机关各单位干部职工全部出动，轮班昼夜用农用盐炼土化肥，对水稻则提出高度密植，株行要求四寸乘二寸和五寸乘二寸，深度一点五寸，各亩水田要求亩插七千五百株。除了高度密植外，还在晚稻临孕穗花期推广移亩并丘，实在怕太密便给晚稻"理发"，也就是把稻叶全部剪掉，光留个稻秆和稻穗。好像这样一来，亩产就可超千斤了。

没想还真的出现了"奇迹"。县里专门成立了一个"验收检查组"，对收割的粮食进行验收。晚稻登场时先是山区片的，一个村"倒种春"放出亩产七千七百二十一斤的"大卫星"。接着平原片的，一个村放出万斤以上的"大卫星"。再接着无论是山区、平原或者沿海，有数不清的乡村早、晚地瓜和花生也相继放出大大小小的"卫星"。

陈池龙注意到，在那些"卫星"村里，也有他的家乡龙潭村。

除了粮食，也同时掀起大炼钢铁的热潮。按照分工，县委王书记主抓大炼钢铁，陈池龙则主抓粮食。省里要求，为确保全国钢产量一千零七十万吨的完成，闽中的一万吨钢产量一公斤也不能少。农民加军人出身的陈池龙，实际上对工业一窍不通，更不懂得一万吨到底是一个什么概念，一切由着王书记去，反正又不归他管。短短几天，全县共有五十万的工农大军奔赴大炼钢铁的战场，到处是炼钢铁的小土群。没有煤就发动大家上山砍树烧炭；没有铁矿石就发动劳力上山找铁矿，下海洗铁砂，并成立洗砂指挥部。同时发动群众捐献废铜烂铁，当炼钢的"引子"。各机关学校都把大铁门卸了，换上了木头门。

陈池龙看王书记那边干得热火朝天，只担心自己的粮食上不去，天天喊着、催着。直到有一天，一个农民老爹找上门来，诉说大炼钢铁把他给害苦了时，陈池龙才开始发现这一阵子自己的头脑确实有点儿发热了。

那个农民老爹告诉陈池龙，他的儿子是乡下一个村的支部书记，为了完成炼钢铁的任务，他儿子把家里原先的一个小铁窗砸掉不说，就连家里的铁锁、铁面盆、铁锅、铁勺，凡是沾上铁的家当全给砸掉炼钢铁去了，弄得一家人连吃饭的家伙都没有。农民老爹说，这哪里是炼钢铁，这是劳民伤财，这是逼着我们农民去上吊！

陈池龙有点儿不敢相信，他说，还会有这样的事？真是岂有此理！农民老爹说，我的儿子明明说是你们让这样干的，你倒装蒜了，你们上头要是没发命令，我儿子他们还会那样做吗？

陈池龙说，误会了！误会了！我们号召大炼钢铁，可我们并没有叫大家回去砸锅砸盆去炼钢铁。

因为炼铁这一摊归王书记抓，送走农民老爹，陈池龙当即给王书记挂电话，没想到王书记的秘书告诉他王书记有事去福州了。陈池龙只得让政府办公室给那个村支书打电话，通知让他到县政府来一趟。一见面，陈池龙劈头盖脸就是一顿骂，吓得那个村支书连头都不敢抬起来；临走的时候，陈池龙警告他，要是再胡来，我把你这个支书给撤了！

村支书转身离去，嘴里嘟囔着，撤就撤了，你以为我稀罕？这种窝囊支书谁当谁怕！

陈池龙听他嘟嘟囔囔的，但不知道他说了一些什么，气得骂道："你牢骚什么？有种你给我回来！"

3

炼钢那边出了事，陈池龙想不到自己主抓的粮食这边也出事了。

秋天的一天，中学毕业生陈小小来到了陈池龙的办公室。这让陈池龙感到有些意外，他想不到几年不见，陈小小已经变成一个大姑娘了。她蛾眉杏眼，两个深深的小酒窝，就是九红年轻时的模样。

陈小小中学毕业后就在村里劳动。在这之前，陈池龙跟她最后一次见面是上回陈冬松生病了，她跑到县里来告诉他的那一次。那以后，陈池龙就再也没有见到她了。

已经长大成人的陈小小和过去相比，变得成熟多了。她变得很稳重，每讲一句话，她都像经过了认真的思考，很有自己的独到见解。这次她来县里，主要是来向陈池龙提意见的。

她当着陈池龙的面，谈了自己对"大跃进"的看法，认为那实在是在胡闹，简直太可笑了；大家都在比赛着说假话、吹牛皮，谁的胆子越大，谁吹得越离谱谁就越光荣。

她问陈池龙最近有没有在报上看到那些吹嘘粮食多得无法卖的打油诗，那诗这样写道：前年卖粮用箩挑，去年卖粮用船摇，今年装车装不了，明年火车还嫌小。又一首诗这样写道：社里麦穗穿云霄，麦芒刺破玉皇殿，麦根扎到龙王府，吓得东海波浪翻。

陈池龙平时看报纸，关心的是一些国际时事，特别是关于朝鲜情况的报道，目的就是想在那上面发现任雯的去向，其他的消息他一点儿也不关心，自然他也没有看过那些打油诗。陈小小这一说，他倒觉得挺新鲜、好笑，说那都是那些舞文弄墨吃饱了没事干的人瞎编出来的，编得也实在太离谱、太玄了。

陈小小却说，其实一点儿也不离谱，有些人现在就是那样吹牛皮，包括他老家龙潭村。她告诉陈池龙："知道龙潭村为什么粮食超千斤吗？根本就是有人一手导演出来的。为了能够在山区放一颗'卫星'，县里'检查验收组'的人还没到村里，村里就已经布置好了，把村里青壮年分成两拨，一拨人一个个挑着满筐满筐的稻谷到检查验收组那里过秤，一过完秤，掉转身回去再由另一拨人挑着那些已经称过的稻谷，重新回到'检查验收组'那里再过一次秤。这样挑来挑去，亩产超千斤的'卫星'就放上天空了。"

那些村干部居然如此大胆耍弄"检查验收组"，陈池龙连想都不敢去想。他既吃惊又愤怒，一个劲儿地骂："太不像话了！"

他让陈小小放心先回去，他说这件事他会一抓到底的。陈池龙说完，陈小小却不急着走，犹豫了好久，想说什么，最终却没说。陈池龙是个急性子，看她欲说不说的，心里就急了，催她说："什么事说呀，说！"

陈小小又迟疑了一会儿，才问父亲说："是不是就打算这样过了？"

陈池龙一下子就明白过来她到底想说什么，心里已经有几分不愉快。他对女儿说，她已经长大成人了，有些事他不想跟她隐瞒。他和她母亲当初就没有感情基础，分离这么多年了，更是没有任何感情可言了，他不可能回到她母亲身边去。当然，陈池龙不可能告诉女儿当初他和她母亲分手的真正原因。陈池龙说，以后再也不希望听到从她的嘴里说出这类事了。那实际上也是他们两个大人之间的事，做孩子的完全没有必要、也没有权利去管大人的事；即使想管也管不了，他陈池龙可不是那么容易改变的人。

陈池龙既然都已经把话说死了，陈小小觉得再说下去也是白说。关于父母之间的事，长大后的陈小小已经听不少人说过了。她觉得这件事不管是父亲或母亲，都很难去说到底谁对谁错。但同为女性，陈小小感情的天平仍然向母亲一方倾斜。她觉得母亲是无辜的，母亲是一个真正的弱者、受害者。相比之下，父亲就显得太苛刻、太自私、太封建了。

陈小小走后，陈池龙立即派出一个调查组分赴几个已经放了"卫星"的乡村进行调查。几天后，调查组回来汇报说：从调查的情况看，放"卫星"确实存在不同程度的弄虚作假，每亩上千斤、上万斤更是子虚乌有的事。陈池龙听后火冒三丈，骂道："这还了得！吹牛不上税，原来一个个都成了牛皮大王了！"

陈池龙由此联想起那个把家里的锅盆都砸掉去炼钢铁的村支书，他觉得再这样胡搞乱搞下去，不是大跃进，而是大倒退了。他把自己的想法跟县委做了陈述，要求立即纠正这种不切实际、弄虚作假的行为。

县委成员们其实谁都知道底下的人都在做些什么，只是谁都不愿把那层纸捅破而已。退一步讲，你要是真的保持头脑清醒，不让底下的人那样搞，统计数字哪里来？全国全省全地区今天这里一颗"卫星"，明天那里又一颗"卫星"，而你闽中县却一颗也没有，你说得过去吗？既然大家都在集体撒谎，都在共同编造一个相当美丽的神话故事。你若置身其外，首先就是你的头脑有问题。

县委最终也未能说服陈池龙。在这个问题上，陈池龙的态度表现得和他对待个人问题一样的固执。反过来，陈池龙的意见除了给县委和谐的音符增添几分噪声外，几乎找不到第二个支持者。这使陈池龙感到意外和吃惊，明明大家都知道这场运动实际上是一场造假和浮夸的运动，大家却都沉默了、认可了，甚至共同参与造假。陈池龙再也不能容忍了，当时县里刚好有一个红湖水库要申请立项，他便提出他将不再负责抓粮食放"卫星"，他要去负责红湖水库，他觉得那才是实实在在替老百姓做点儿事。

红湖水库实际上也是闽中县"大跃进"总规划中的一个重要工程。闽中地处一片大洼地，是一个十年九涝的县份，年年水灾不断，想要从根本上治理水灾问题，唯有在闽中上游的红湖山区建一个大坝，既可变水害为水利，又可拦水发电，造福人民。但问题是，所有这些都需要相当巨大的人力、物力、财力做支持，而闽中，除了人力方面不用考虑外，物力和财力都是一个非常严峻的问题。县里正愁找不到一个合适的人来挂帅，陈池龙主动请缨，刚好顶了那个位置。陈池龙当了几年的穷县长，闽中到底有多少家底他是再清楚不过了。对这一点，他早已有了思想准备，他想大不了学清朝的武训，为了办学，让人家打一拳三文钱，踢一脚五文钱，再困难也要把水库建起来，也总比搞那些虚虚假假的东西要强一百倍。

陈池龙马上开始着手红湖水库上马的工作。

没过几天，县委王书记告诉了陈池龙一个好消息，说是省水利局局长曹玉昆要陪同国家水利部部长来闽中考察水利。王书记说这倒是一个争取资金的好机会，只要国家愿意投资，什么问题就都解决了。陈池龙听后第一个反应就是那个在石家庄损兵折将、打了大败仗的华北"剿总"司令，而不是什么水利部长。跟国民党打了十几年仗的他马上跳了起来，他说："你让我去跟国民党反动派讨钱？没门儿！"

王书记说："人家过去是国民党反动派，可现在不一样了，人家已经是共产党的国家水利部部长了，你别搞错了！"

陈池龙说："反正我就认他是国民党反动派。"

王书记说："你私下怎么看他都没关系，可我们现在需要人家给我们拨款，那你就得承认人家是国家水利部部长。你不承认，人家就不给你钱。"

陈池龙火了："不给钱我们就不要，大不了端上破碗一分一毛化缘去！"

陈池龙虽然嘴上这么说，但两天后，当水利部长在省水利局局长曹玉昆的陪同下到闽中考察的时候，他仍然装出一副笑脸，又是陪同考察，又是汇报闽中水利的现状。更主要的，他把闽中人民迫切要求兴修红湖水库的热切愿望以及经济遇到的困难全部向水利部长做了汇报。水利部长边听边点头，表示回北京后一定向国务院有关领导转达闽中人民的意愿，争取尽快让红湖水库立项投建。

两天过去，当水利部长一行离开闽中的时候，陈池龙只觉得一肚子的委屈，脸臊得真想钻进自己的裤裆里，再也不愿见到任何人，好像是自己做了一件很见不得人的事一样。让陈池龙想不到的是，他过去的敌人居然非常给他面子，没过多久，红湖水库真的作为当时福建第一大水利工程予以立项。同时，国家在财政相当困难的情况下，投资近两千万元，支持水库建设。

陈池龙心里虽然多少有点儿不是滋味，但毕竟兴建水库的第一笔工程款已经筹集到了。县委王书记夸他为闽中人民立了一个大功，陈池龙听后苦笑说："你别折杀我了，要是换成我个人的事，打死我陈池龙也不愿向他低声下气。"

一个月后，包括从机关、单位、学校临时抽调的人员，一支近两万人的水库建设大军浩浩荡荡开进了红湖水库工地。陈池龙一不做，二不休，索性把自己的铺盖卷都带来了，准备安营扎寨、大干一场。

到这时为止，陈池龙还不知道，与他同来的还有县妇联副主任叶玉萍和机关医务室的医生张丽仙。

4

在水库工地，陈池龙终于累倒了。

他突然发起了高烧，他被烧得晕晕乎乎的，嘴里不停地喊着任雯的名字。

陈池龙发病时正好在晚上，这可把通讯员吓坏了。工地上的临时住处都是用木条架起来的，通讯员就住在与陈池龙一墙之隔的屋子里。那时，他还没睡，当陈池龙嘴里喊着任雯的名字时，他起初还以为县长在说梦话，可听着听着，就觉得不对劲儿了，赶紧下床奔进去，"陈县长！陈县长"不停地叫着，陈池龙却连一点儿反应都没有。通讯员怕了，手放在陈池龙的额上一摸，烫得他差点儿没叫出声来，这才知道县长病了，赶紧转身跑出去喊医生。

喊来的医生不是别人，正是张丽仙。

当水库建设大军要开进红湖山区的时候，县里决定从各医疗机构抽调一批医务人员成立一支医疗小组，随水库建设大军一起驻扎在工地上。任务一下来，就像上回报名参加建飞机场一样，张丽仙带头报了名，并担任组长。她报名参加医疗小组不为别的，纯粹是为了陈池龙。

张丽仙虽然也知道她和陈池龙不可能走到一块儿，但不知道为什么，她就是喜欢跟他在一起。陈池龙的人格魅力是她在别的男人那里所无法看到的，他坦坦荡荡、光明磊落，爱就是爱，恨就是恨。他一点儿也不虚伪，即使是自己最隐秘的一面，他也不想伪装，而是一件一件抖出来让人家看。他不在乎人家怎么看他、怎么说他，他在乎的是他的愿望必须要实现。为了实现他的愿望，就算是要用生命、用一生的等待去换取，他都在所不惜。像这样的男人，难道不值得女性们去敬重他、爱他，为他做点儿什么吗？

张丽仙给陈池龙量了一下体温，这一量着实吓了她一大跳：四十二点五摄氏度！天啦！身上简直要着火了。

听说县长生病了，住在陈池龙附近的许多同志这会儿都起来了。叶玉萍也来了，她看大家都要往陈池龙的屋子里挤，心里一阵急，性格直爽的她一下子变得像个指挥员，自动维护着现场秩序，动员大家都回去睡觉。她说这样闹哄哄的，对病人一点儿好处也没有。大家都走了，她自己却放心不下留了下来，想帮张丽仙做点儿什么。

张丽仙觉得，自己这会儿更像一个灭火队员。她一会儿调救火车，一会儿拉水管，一会儿装灭火枪。她给陈池龙端来了一盆热水，准备用湿毛巾给陈池龙擦身子。这时，她已经完全忘了陈池龙是一个自己所爱的人，是一个男人。她只认定他是自己的一个病人，必须尽快把他的病治好。否则，自己就不是一个称职的医生。

在叶玉萍的帮助下，她小心翼翼地帮陈池龙把衣扣解开。当陈池龙弹痕累累的身体暴露在她的面前时，她惊呆了，叶玉萍也惊呆了！她们想不到平时那么开朗豪爽的陈池龙，衣服底下居然藏着那么多的伤疤！那些伤疤就像马蜂窝似的，一个连着一个，几乎全身都是。张丽仙当即哭了起来，眼泪一滴一滴落在了陈池龙的身上。叶玉萍看到这种情景，心里也酸酸的，眼睛火辣辣的，泪水终于也落了下来。

已经被烧糊涂了的陈池龙是不会知道这些事的，他嘴里依然不停地在喊着任雯的名字。他已经把正在替他擦身子的张丽仙当成了任雯，紧紧抓住她的手就是不松开。生性胆小怕羞的张丽仙心里又羞又急，几次想把被抓的手抽回来，却都没有办法。其实，从她内心来说，她倒希望自己的手能被陈池龙多握一会儿，握得越紧越久越好，只不过不是以这种方式，更不是在这种场合。

叶玉萍是个明白人，她暗暗给通讯员递了一个眼神，通讯员心领神会，跟她一起到了屋外。屋子里只剩下张丽仙和陈池龙两个人。

张丽仙并不知道事态会那样发展下去。陈池龙已经变得很伤感，他一边喊着任雯的名字，一边把张丽仙的手越抓越紧，最后几乎要把张丽仙抱住了。

陈池龙手里正扎着针，张丽仙担心陈池龙动来动去会把针头给拔了出来，忙顺着他把身子俯了下去。不知为什么，当她把身子俯下去的那一刻，她仿佛觉得自己就是那个皖南姑娘任雯，她实在不忍心看陈池龙那样痛苦，她必须为陈池龙做点儿什么。终于，她把自己的脸紧贴在陈池龙那像火炉一样滚烫的胸膛上，她百感交集，她说："池龙，我，我是任雯……"

那个时候，外面出奇的静。天上的星星在闪烁，月光像水一样漫无边际地把他们包围着。张丽仙觉得，自己这下是世界上最最幸福的人了，如果现在就让她死去，她也无怨无悔……

那一夜，张丽仙一刻也没有合过眼。等第二天天亮时，她的两个眼圈黑得像熊猫一样。陈池龙的体温总算降了下来，他并不知道昨晚到底发生了什么事，他只觉得头沉沉的、晕晕的，涨得难受。

一大早，叶玉萍就过来了。她告诉陈池龙："昨晚大家可是被你给吓坏了，要不是张丽仙，还真的不知道要怎么办！"又说，"为了你，昨晚张丽仙可是一夜没合过眼，又是测体温又是擦身子又是打点滴，那个无微不至呀，谁看了谁感动！不信你看，累得她黑眼圈都出来了。"

陈池龙愣了一下，转眼去看张丽仙，张丽仙却已羞赧得赶紧把头埋在了自己的胸前。

到了下午，陈池龙的体温又开始"嗖嗖"地往上爬。这下，张丽仙紧张了起来。她动员陈池龙要赶紧转到县医院去，工地上毕竟医疗条件相当有限，不好再拖了。她让通讯员去张罗车子，准备把陈池龙弄到县医院去，陈池龙却说什么也不愿意走，他说他知道自己的身体，没必要搞得那么紧张；再说，工地就是战场，他不愿意在战斗刚刚开始打的时候就被人抬下战场。

陈池龙被烧得满脸通红，身上烫得直想跳进冰凉的河里泡一泡，不过头脑却比昨晚清醒多了。他问张丽仙："附近哪里有溪呀河呀，哪怕池塘也行，要是再不跳下去，身上马上要着火了。"

张丽仙说："就是有也不行，要死人的。"

陈池龙叹着："要是真的能死倒也好了，就怕这样不死不活的，比死还难受。"

张丽仙说："我给你擦身子吧，擦了身子你就会好受一点儿了。"说着，张丽仙打来了一盆水，她一边替陈池龙解开衣扣一边说，"你身上的疤咋就那么多？数也数不清。要是换成别人，恐怕早就到阎王爷那里报到了，你的命真硬。"

陈池龙说："不该我死的，怎么也死不了。像我长得凶神恶煞一般的人，就是阎王爷见了我也怕，他怎么敢收留我呢？"说着说着，又迷糊起来了。

到了下半夜，陈池龙慢慢退烧了。他一个劲儿喊口渴，想喝水。张丽仙给他泡了一杯盐开水，一匙一匙给他喂着。喝了几口，陈池龙说不喝了。他眼睛定定地看着张丽仙，这才想起为了自己，张丽仙又是一夜没睡。他突然动了感情，说："我看出来了，其实你是一个很不错的姑娘，可你为什么不是任雯呢？你要是任雯就好了！"

更多的话陈池龙并没有说出来。那是不能说的，他知道那样太伤人家的心了，尤其是一个对他这么关心的女同志。尽管这样，张丽仙仍然受到了伤害。眼睛一热，眼泪都快下来了，她赶紧把脸转到一边去。

到了第三天，陈池龙的烧终于退下来了。那几天里，张丽仙时时刻刻守在他的身边：端水、递药、打点滴，而自己饭吃不香，觉不敢睡。几天下来，本来就瘦的她显得更瘦了。

叶玉萍看了心疼地说："你呀，简直把命都卖给他了！这回要是再不能感动他，我替你打抱不平。"

张丽仙忙说："别！你还是饶了我吧。我知道从头到尾你一直想做一件好事，可是你要知道，有些好事是不能做的，也不一定做得成。"

叶玉萍气呼呼地说："那个死脑筋！老封建！难道他真的要死等那个皖南姑娘不成？"

病一好，陈池龙又开始忙了。整天在工地上跑来跑去，越干越带劲儿。他给大家下了死命令：明年汛期前完成大坝合龙！

但没过几天，县委有人下来传达县委王书记的意见，让陈池龙抽出一半的工地人员去参加大炼钢铁。县委的人说完后又补充说，那实际上也是上面的意思，并不是王书记个人的意见。陈池龙一听，叫了起来，说："我陈池龙就是因为讨厌你们搞的那一套，才躲到这里来建水库，现在倒好，你们又跑到水库来抢人了，釜底抽薪呢！别扯你妈的淡！"

说什么陈池龙就是不让抽人。结果，弄得县委的人很尴尬。既不敢得罪这个县长，又担心回去交不了差。陈池龙看他们黏黏糊糊的，心里不爽，说："你别吊着一副苦瓜脸了，我跟你一起回县委！"

县委王书记其实也不是故意跟陈池龙过不去，主要是因为地区那边给县里加了压力，要县里保证年内完成一万吨的炼铁任务，否则，就拿县领导是问。王书记粗粗算了算目前炼铁的情况，就紧张了起来，让陈池龙派救兵，无论如何先完成上面的任务再说。

陈池龙自从上回发现许多人在"大跃进"运动中搞弄虚作假后，就一直憋着一肚子的气没地方发，现在终于找到了爆发点，不由得大发脾气："谁要是敢保证在明年汛期前大坝能按时合龙，不被大水冲垮，就可以从红湖工地抽人；如果不敢承担这个责任，哪怕省委书记、省长来，谁也不能动一个民工！"

县委王书记看陈池龙根本就不像要跟他讲道理的样子，知道跟他再说下去也是白说，于是赌气说："反正到时上面批评怪罪下来，你我各打五十大板！"

陈池龙说："你别动不动就把上级搬出来，我陈池龙是怕上级的人吗？别说五十大板，就是一百大板都给了我也没关系，但就是不能抽走民工。"说着，喊了司机，气呼呼地上了吉普车，车门一摔回工地去了。

十天后，一份盖有地委大印的调令，由地委组织部的同志直接送到正在水库工地工作的陈池龙的手中。调令让陈池龙五天内必须到地区工业局报到，他被调任地区工业局局长。调令特别强调大炼钢铁工作的重要性和紧迫性，因此特别需要一个有能力、有魄力，既内行又有高度责任心、责任感的人去抓这项工作，而陈池龙无疑是这方面最合适不过的人选。

陈池龙一看傻眼了，破口大骂："简直放狗屁！我陈池龙就是端枪杆子出来的粗人，懂什么工业？你们凭什么把我的县长给撤了？我这个县长最早是你们让我干的没错，可后来是经过人民代表选出来的，你们说撤就给撤了，还讲不讲理？你们不就是因为我不让你们抽走民工搞打击报复吗？"

陈池龙知道这下自己吃亏了。你不听人家的话，人家就给你小鞋穿了！他愤怒了！理也不理地委组织部的人，叫上司机就走。他要到地委找周映丁、马超他们，让他们当面跟他解释清楚这到底是怎么一回事。

一路上，尽管司机已经把车子开得飞快，陈池龙还是嫌开得不够快，一个劲儿地催司机油门踩大些，把车子开得越快越好。他恨不得马上就到地委，好像去得太迟了，他那一肚子的火气憋不住要炸开来似的。

他到了地委，旁若无人地直闯到周映丁的办公室，他甚至连词都想好了："你们凭什么撤了我的县长？你们以为我想当这个县长？可那是人民选的！谁给你们的资格要撤我？你们要撤也可以，但不是现在。等把红湖水库建成了，我把所有的一切统统还给你们，我不干了！"

但是周映丁不在，到省里办事情去了。陈池龙只得去找马超，秘书告诉他，马超眼下正在会议室里开会。陈池龙说："好！这下正好让我逮着了！”

陈池龙曾经多次来行署参加各种会议，知道会议室设在三楼，转身一口气"咚咚咚"跑到了三楼。当他要往会议室里冲的时候，会议室门口一个正在抄抄写写的人把他给拦住了。那人是行署办公室的干部，他认得陈池龙，他小声对陈池龙说："马专员正在屋里开会，不好进去的。"

没想陈池龙已经发起火来，大声嚷嚷道："谁说不能进去？老子偏要进去！今天要是不当着地委领导的面把话说清楚，我就不回去！"

陈池龙嗓门儿本来就大，这一嚷嚷屋子里开会的人都听到了，以为外面发生了什么事，开门一看原来是陈池龙，都觉得很过分。好在这时候会也快散了，马超便宣布休会。参加会议的人大都认识陈池龙，象征性地跟他打了个招呼，陆陆续续往外面走。

等大家都走了后，马超让陈池龙在会议室里坐了下来，然后说："什么事？你说吧。"

陈池龙仍然还是那句话："你们凭什么把我的县长给撤了？你们难道不知道我这个县长是人民给选出来的？凭什么说撤就给撤了！"

马超说："那还不好办，明天开个人民代表会议，一举手表决不就行了？还有呢？你继续往下说！"

陈池龙想不到马超那样干脆，一句话就把他下面的话给堵死了。接下去反而变得乱无头绪，不知说什么好，说来说去、颠三倒四反正就是那些话。结果他憋得满头大汗，也没把意思说明白。

马超听着听着就笑了起来，他一只手搭在陈池龙的肩膀上，态度温和得让陈池龙受不了。他说："你为什么要发那么大的火呢？你懂不懂发火伤自己的身体？有些事并不是你发了火就能解决问题的，那又何苦呢？你这个脾气呀，都这么多年了你还是改不了！走，咱们已经有很长时间没坐在一起喝酒了，中午我请你吃饭，我们好好喝几盅。"

陈池龙还在气头上，他说："谁要吃你的饭、喝你的酒了？你们串通一气来搞我，现在又一个唱红脸、一个唱白脸，到底是什么意思？"

　　马超仍然不气不恼，说："走，先吃饭，吃了饭我再告诉你是什么意思，这下行了吧？"

　　陈池龙尽管一百个不愿意去吃这顿饭，但是看马超那样友善、诚恳，便也身不由己，跟着马超走了。

　　由于陈池龙心里一直惦记着县长被撤的事，哪还有什么心思吃饭，酒更是一滴不沾。他非得要马超把话说清楚不可。他对马超说："要是再不说，我真的要气晕过去了。"

　　马超说："我让你别生气，你为什么就是不听呢？这次调你去工业局，是属于正常的工作调动，接下去县处级干部人人都要搞岗位轮换，是全地区性的，又不是你一个人。这是一。第二，调你去工业局，也说明领导对你很重视。你没看到，现在全国上下都在大抓钢铁，没有一个得力的人去抓行吗？没有一个比较内行的人去抓行吗？"

　　陈池龙说："我什么时候搞过工业了？我还内行？这不是睁着眼睛说瞎话吗？"

　　马超说："谁不知道你参加革命以前就是一个木匠？那也是手工业呀！眼下在我们地区，就连像你这样干过木匠的县处级干部，想多找一个人也没有，就更不要说纯粹搞工业的人了。要么是扛枪杆子出来的，要么是抓锄头出来的，要么就是知识分子、教书匠，你说不让你去还让谁去？关键是你有情绪，想不通；思想一通，什么问题也就没有了。"

　　陈池龙说："你给我说实话，要是当初我答应从水库工地抽走一万民工，还会有今天的事吗？"

　　马超说："我只能告诉你，那或许是其中的一个因素，但不是主要的。我刚才已经说过了，主要原因是组织上考虑你的工作能力和你对工业比较熟悉,而眼下全国上下都在大炼钢铁,工业局长这个位置责任重大,只好让你来挑这个重担子了。好了,别再耍小孩子脾气了,到工业局好好干它一场。"

陈池龙说:"不能改了?"

马超说:"不能改了。"

其实马超并没有骗他。调陈池龙去工业局,地委领导也不是纯粹为了搞报复,给他小鞋子穿,主要是考虑整个闽侯地区的大炼钢任务迟迟上不去,觉得非陈池龙这样大刀阔斧的人去不可。当然,只要陈池龙一离开闽中县,从水库上抽调一万名民工去参加大炼钢也就不成问题了。

陈池龙却不这么认为,他想:明明是地委领导在跟自己过不去,却要编派出一大堆的理由来哄你,让你就是满肚子牢骚也白搭。陈池龙知道事已成定局,已无挽回的可能了。他呆呆坐了一会儿,走了。走到门口,马超还是像刚见面时那样,上前把一只手搭在他的肩上,关切地说:"听说你还在等那个皖南姑娘?"

陈池龙正好憋着一肚子的火,他一脸讥诮说:"怎么,不能等吗?"

结果弄得马超相当没趣,支支吾吾地说:"当然!当然!"

陈池龙回到了水库工地。大家看他回来了,也不知道地委是怎么答应他的,问他事情到底怎么样了。陈池龙一句也不说,眼神无光,像去医院检查回来知道自己得了什么绝症似的。大家便知道到底是怎么一回事了,劝他说:"既然领导这样定了,就随遇而安了,早一点儿去地区工业局报到,反正在哪里还不都是为了工作。"

没想陈池龙在地区没发够的火这下全爆发出来了,他说:"上面不是叫我在五天之内去地区报到吗?那好,我就非得过完这五天才走,早一天也不行。在这五天内,谁要是敢动水库工地一个民工,我跟他拼了!"

从地区一回来,陈池龙就倒了。整天不吃不喝,一个人待着抽闷烟。

张丽仙看在眼里，心里干着急，却帮不上什么忙。她知道陈池龙这回得的是心病，关键是对工作安排有意见，很想劝劝他想开点儿，看他脸色阴沉沉的，又不敢劝。

叶玉萍对她说："现在也许只有你的话他会听了，你要劝劝他，再闹下去真的要垮掉的。"

张丽仙叹了叹气说："他哪里会听我的话，你难道还不知道他这个人的脾气？"心里哀哀地想：他呀，要是心里有我就好了！

五天后，陈池龙到地区工业局报到。细心的张丽仙发现，短短几天时间，陈池龙已经长出了许多白发。

第九章

1

后来，陈池龙认真想了想，发现自己不愿去地区工业局的原因，还有相当一部分是为了张丽仙。他发现，他已经有点儿爱上了那个女人。

由于迟迟等不到任雯，使得陈池龙对任雯已渐渐失去了信心。任雯已经为国捐躯，或者说为他陈池龙献出了自己年轻的、宝贵的生命已经成了不争的事实。陈池龙痛苦万分，他觉得他对不起任雯。他成了一个十足的悲观主义者。加上工作环境不好，使他整天像个病人似的，无精打采，情绪相当颓丧。而张丽仙，成了他唯一可以维系感情的人。

工业局办公楼就在地委办公楼的对面，中间只隔着一片二十来米宽的绿化带。地委书记周映丁坐在三楼办公室里，就可以透过窗口非常清楚地看到坐在对面二楼里上班的陈池龙。

自从陈池龙调到地区后，周映丁便经常在地区大院里碰到陈池龙。周映丁看陈池龙的样子，便知道他对自己满肚子的意见；心里笑笑，不想跟他计较。但周映丁担心长此下去，会影响工作。特别是眼下正在大抓炼钢的时候，要是真的影响了工作，那就不好了。他于是找陈池龙谈了一次话，除了工作，谈来谈去又谈到了个人的问题上。周映丁知道陈池龙做梦都在想那个皖南姑娘，并且他知道，那个皖南姑娘更大的可能是已经牺牲了。出于领导对部属的关心，周映丁提醒陈池龙说："个人的事也该考虑了，不能再往后拖了，再往后拖年龄就大了。"

周映丁头几次这样说的时候，陈池龙听后往往心里很不舒服，可听着听着，慢慢地便习惯了。仔细一想，觉得周映丁的话也有几分道理。转眼间自己已经是四十多岁的人了，他总不能这样过一辈子，总得要开始一种新的生活。可周围的人一排队，他觉得没有一个合适的，要么才十几二十岁，自己都可以当她们的父亲了；要么夫妻离异了或者年纪轻轻死了丈夫守了寡的，而那种女人他是根本不会去考虑的。他要的是那种出水的芙蓉，新鲜亮丽；要的是那种年龄相当，又没有婚姻史的绝对纯洁无瑕的女子。那种近乎苛刻的条件，使得他想重新组织一个家庭几乎成了不可能完成的事。

只有这时，陈池龙才真正地把目光留在了感情上受过挫折，而自己也已经对她有几分好感的机关医务室医生张丽仙的身上。他感到，或许眼下只有张丽仙才适合他，才是他唯一的选择。他知道，张丽仙虽然有过一段恋爱史，但恋爱并不等于跟人同居过。除了张丽仙，他觉得自己再也找不到一个更合适的人了。

由于心里有了一个初步的目标，当一天周映丁跟他再次提起他的个人问题时，他随口说出了张丽仙的名字，他说他打算娶她了。周映丁紧追不放，忙问张丽仙是什么人，年龄多大，在什么单位工作，人长得好看不好看……

周映丁一连串的追问逗得陈池龙都笑了。他说："你比我还急呀！到底是你要娶媳妇还是我要娶媳妇？"笑着，他把张丽仙的情况说了出来。

周映丁说："那还不好办，马上把她调到地区医院来不就成了？"

结果，一个星期不到，包括粮食关系在内，张丽仙的所有调动手续都有人给办齐了，落在了地区医院。当地区医院的一张调动函送到正在红湖水库工地的张丽仙手里，让她去地区医院报到时，张丽仙仍然还蒙在鼓里，不知道到底发生了什么事。

接下来所发生的事就变得顺理成章。几乎不用任何人牵线搭桥，陈池龙和张丽仙两人几乎也没有很认真地交谈一次，他们便去办理了结婚登记并举行了婚礼。事情突然得让张丽仙有点儿意外，有点儿不可思议。但她不想去想更深层次的原因，就像当初她跟她的男朋友分手一样，分就分了，不需要任何理由。

由于两个人都老大不小了，对于那种纯属形式的婚礼他们也看得比较淡，也就没有打算大宴宾朋。那实在是一件很累人的事。结婚的那天上午，张丽仙一大早就提着菜篮子上街转了一圈，买些陈池龙平时喜欢吃的菜，然后请叶玉萍过来一起吃了顿饭，喝了几杯低度酒，就算是结婚了。

陈池龙对这次婚姻并没有投入多大的热情。他完全像在应付上级布置的一个必须由他去完成的工作任务，一切都显得很被动。已经步入中年的他也已经不再像年轻时欲望那样强烈和悍勇，面对眼前的张丽仙，他更多的则是漫不经心和从容不迫。他像是一个极富考古经验的考古专家，而张丽仙身体上的每一寸肌肤则成了他认真研究的对象，他觉得他必须读懂她、读透她！

张丽仙毕竟太爱他了，所以对陈池龙那种近乎病态的行为一点儿也不放在心上。恰恰相反，她觉得自己就像是一件正在接受海关检疫的物品，非常积极认真地配合。她尽可能地为陈池龙展示着自己身体的各个部位，让陈池龙更得心应手，更能从中得到满足、舒适和快乐。

单纯的张丽仙并没有想到，她越是这样，陈池龙就越是从心里反感。她并不知道陈池龙需要的是那种在男人面前羞羞答答，面对那种事情慌乱得不知所措，最终要由男人去调教、去开导的女孩子，而不是那种精明老练、性事谙熟，甚至高明到可以为男人把舵引航，爽得要让男人去死的女人。

　　陈池龙对张丽仙深感失望的更重要的一个原因是：他发现张丽仙已经不是完璧了。关于这点，他似乎早就应该想到了，但无论如何，还是让他感到有点儿突然。那种感觉就像是他在吃饭时又吃到了一只苍蝇，心里扫兴自不必说。和陈池龙的前任妻子九红一样，张丽仙是属于那种善良、贤惠，又特别能体贴和理解丈夫的人。虽然她也知道不管是哪个男人，都很在乎女人的操守，但后来她之所以选择了陈池龙，很重要的原因是她觉得自己虽然有过一次感情上的挫折和失败，但她绝不是一个淫荡之人，在以后漫漫的婚姻旅途上，她更不可能做出对不起他的事。她自信她将以自己的行动和努力去获取陈池龙的信任。她对自己的操守深信不疑。她并且相信，她的过去一定能够得到陈池龙的尊重和理解。事实确实如此。细心的张丽仙已经注意到陈池龙在相互的冲动中亲热完之后，除了表现些微的沮丧和哀伤外，就再也没有任何对她不满的表露了。张丽仙忙解释说恋爱时男朋友过头了，侵犯她了。她感到很内疚。陈池龙不说话，他越不说话，张丽仙就越发局促不安，感到很难堪。

　　为了弥补内心的愧疚，也为了使陈池龙的心情尽快地好起来。蜜月中，她想尽一切办法调动自己的看家本领去为陈池龙做最好吃的菜。就连晚上睡觉前的洗脚水，也是她先给弄得好好的，不冷不热，然后端到陈池龙的面前，一边帮陈池龙脱下袜子，一边一个脚指头一个脚指头像洗一扇生姜似的慢慢帮他洗着、搓着，再接着用擦脚布帮他把脚擦干。

平时说话，她也是小小心心的，每讲一句话都要斟酌半天，生怕话说过了头，陈池龙听了不高兴。尽管如此，陈池龙却始终无动于衷，仍然整天给她一副臭脸孔。张丽仙并不计较，她想时间可以改变一切。他们现在是夫妻了，她有的是时间。

张丽仙的关心和体贴，使新婚的陈池龙多少感受到幸福和快乐，同时也让他感到对女人的贞操的在乎完全取决于一种心情，心态端正了，一切也就变得无所谓了。当然，他并没有像周映丁所期待的那样，好像给他一个老婆，他就会变成一个三头六臂的英雄，把全地区的大炼钢运动轰轰烈烈地搞起来。陈池龙似乎比结婚前还要委顿、消沉。对大炼钢铁，他始终提不起热情。

经过几个月的宣传发动，大炼钢运动已经变成了一个全国性的、群众性的运动。就连周边的泉州、福州等地市，钢铁产量天天也都在创新高。闽侯地区却一直落在全省其他地市的后面，炼来炼去产量就是上不去。地委急了，三天一小会，五天一大会，天天在大念大炼钢的紧箍咒。地委领导周映丁甚至在会上公开点名批评了那些产量一直上不去的落后县。自从陈池龙被调离闽中县后，红湖水库工地上便有一半的民工被抽调去参加炼钢，但钢铁产量仍然没法儿上去。闽中县因此每次在会上没少挨地委的批评，批得新到任的县长抬不起头来。

在会上经常受批评的还有陈池龙。他当然不像一些县长那样被公开点名，周映丁只是隐隐约约提到个别领导干部已经丧失革命斗志，婚前闹情绪，新婚也没有给他带来新的动力，必须引起重视。话虽然才说到这里就收住了，但大家不是傻瓜，谁都知道到底在说谁。陈池龙这会儿的心情完全不是革命时期的了，他变得放松了，火气没从前那么大了。心里说，你骂吧，反正官字两个口，都是你说了算。

2

陈池龙万万没有想到，才新婚没多久，张丽仙就向他提出离婚。这是陈池龙做梦也没想到的。离婚的原因非常简单，那就是张丽仙觉得自己给陈池龙的不是一个完整的她。原来，张丽仙不知道从哪儿听到陈池龙的第一段婚姻就是因为陈池龙不满老婆已经失去了贞操，才跟她分手的。这个消息对张丽仙来说非同小可，是致命的。她马上联想到自己，一种油然而生的自卑感溢上心头。再加上两人地位悬殊，所有这些外在的因素把张丽仙压得喘不过气来。张丽仙觉得自己必须解脱，否则她会死掉。

当张丽仙和陈池龙说出离婚理由时，陈池龙反而吃惊了。他说过去他在乎，可现在他已经不在乎了。因为他已经觉悟了，他是一个革命者了。陈池龙在讲述时表情真挚，张丽仙却认为他是在做戏给她看的。嘴上说不在意，骨子里却还是在意的。

张丽仙感到自己正面临着两种选择：要么跟陈池龙离婚，要么不离婚，但她必须远远地离开他，不要跟他生活在一起，否则她会在自责和自卑中死去的。她告诉陈池龙，她可以给他一些时间，但是，她必须离开他，跟他离婚。事实上，这个时候，陈池龙正在向地委打一份报告，要求给他换一个工作。自从调到工业局后，他就一直觉得这个工作不适合他。他一点儿也不适合搞那种虚得不能再虚的东西，那样也无法调动他的工作积极性。地委考虑陈池龙如果真的不把心思放在工业局，硬让他干也不是一个办法；再说红湖水库被抽走一万民工后，工程进度确实也成了问题。拆东墙补西墙，拆来拆去，到明年汛期，大坝要是真的不能合龙，也不是一件开玩笑的事。于是，就把他调到地区水利水电局任局长。陈池龙也说不上高兴不高兴，任命书一下来，他就到水利水电局报到，紧接着第二天，他就打起行李卷到红湖水库和民工们搞"三同"了。

陈池龙自己心里明白，他匆匆忙忙要赶去红湖工地，除了放心不下水库外，最关键的原因是他急于离开那个刚刚组织起来不久的家，他想或许张丽仙对他误会太深了，干脆先离开她，让她先冷静冷静再说。

张丽仙是在陈池龙匆匆忙忙收拾行李时，才发现陈池龙要离开她去某个地方的。起初，她还以为他要出远门去公干，后来，终于听陈池龙说他已经调到水利水电局，现在要到红湖水库工地坐镇去，工程不结束，他是没法儿回来的。张丽仙一听就掉泪了，心里想：红湖工地离地区不就一百多里的路程吗？干吗非得等工程结束了才回来呢？这不是跟她赌气是什么？她知道，一定是自己提出离婚伤害到陈池龙了。

陈池龙是个性情中人。过去，他把女人的贞操看得很重的时候领导批评他。现在呢，他真的已经悟出来了，看得不重了，却又节外生枝，没事找事又出了一个张丽仙。这让他如何受得了？你自卑什么呀？我又没嫌弃你！他越想越气，干脆收拾好行李，就直奔红湖工地去了。这一走就是五个月。后来中间有一次，陈池龙回地区汇报工作，工作一汇报完，他连家门也没进，就又急急忙忙赶回工地去了。陈池龙的这种反常行为终于引起了叶玉萍的怀疑。

哪个家庭都一样，即使夫妻俩关系再好，小两口儿吵吵嘴耍点儿小脾气，也是很正常的；然而，才结婚短短几个月，陈池龙却丢下新婚的娇妻长时间住在工地上，那就不对头了。

一天，叶玉萍特意找了一个机会去地区找张丽仙。那时，张丽仙才下夜班回来，一夜未睡，人显得很憔悴。几个月不见，叶玉萍觉得她突然变得很苍老，完全不像是一个才三十多点儿的人，不禁心疼起她来。

张丽仙留叶玉萍一起吃了午饭。饭间，免不了提起陈池龙。叶玉萍发现在说到陈池龙时，张丽仙极力在回避着，很不愿意谈起他。叶玉萍便想她心里一定受了很多的委屈。果然，还没等叶玉萍再说什么，张丽仙终于控制不住自己"哇哇"哭了起来。

同样作为女人，叶玉萍被她哭得心里很难受。她劝张丽仙有话慢慢说，如果是受陈池龙欺侮的话，她负责找他算账。可是不管她如何说，张丽仙死活就是不愿说出她听到的关于陈池龙的事以及她与陈池龙两人之间的事。她只顾一个劲儿地哭。叶玉萍就知道张丽仙一定受了天大的委屈，陈池龙不懂得怜香惜玉，欺侮她了！她决定去找陈池龙，替张丽仙讨回这个公道。

有一点被叶玉萍忽略了，她实在太不了解陈池龙了。陈池龙怎么会听她的话呢？陈池龙要是那么容易听进去别人的话，那么他就不是陈池龙了。事实证明叶玉萍的话在陈池龙听来只当是在放屁，或者说根本就不当一回事，或者说一句也没听进去。陈池龙只哇哇叫说，喂喂，你搞清楚呀，我又没有错！这回我什么错也没有！说着，也不做解释，甩手走了。叶玉萍冲他的背影咋咋呼呼了一阵子，看陈池龙连理都不理她，最后无功而返。

还有一点被叶玉萍忽略了的重要细则是：作为陈池龙和张丽仙夫妻以外的第三者，张丽仙不可能把自己和丈夫的事说给她听，也就是把只有他们夫妻俩才知道的隐私告诉给第三者叶玉萍，那简直是不可能的事。作为陈池龙也一样。

由于陈池龙和张丽仙两个人都不愿把产生矛盾的真相告诉叶玉萍，叶玉萍就觉得自己空有满腔热情，却也帮不上什么忙。她的一切努力，实际上已经意味着吃力不讨好。事后，叶玉萍也曾经用心揣摩过这件事。她对陈池龙和张丽仙两人分居的深层次原因做过认真的分析，终于恍然大悟：神经兮兮的陈池龙是不是又在犯外面传说的、他过去一直在犯的老毛病了？！结论一出来，叶玉萍的脸上就只有鄙夷和不屑，她觉得陈池龙完全是一个神经有点儿毛病的男人。

陈池龙当然是受冤枉了。他自然看出叶玉萍对自己的意见很大，甚至恨透了他这个男人，但他一点儿也不在意，更不想跟她做任何解释。该解释的早已经都解释过了。

3

红湖水库大坝合龙的第二天，陈池龙带着刚去水库工地时带着的一大堆行李，回到了地区机关，回来后的第一件事，他打算好好跟张丽仙谈一次，能不离婚就不要离婚。

陈池龙起初以为张丽仙会同意的，早就在肚子里准备好了许多关于为什么不要离婚的理由。比如说既然两个人已经走到一块儿，也不容易。再说年龄也都挺大的了，何必还要离什么婚？说出来也让人笑话。陈池龙想不到张丽仙会那样干脆和坚决，几乎没等陈池龙开口讲第二句话，她就表态说："不要了吧，我们现在就去办吧，我们这下就走。"

她的干脆，弄得陈池龙有点儿反应不过来。但既然话已经说到这份儿上了，陈池龙也没有什么好选择了，他当即写了一份离婚协议，自己先在上面签了字，然后也让张丽仙签了字。

一九五九年，中华人民共和国才成立十个年头。所有的法律也只有两部：一部《宪法》，一部《婚姻法》。其中《婚姻法》是一九五〇年刚解放时就已经颁布了的，可以想见婚姻在人们生活中的重要性。

当时，离婚对一个百姓来说，是一个非常陌生的名词，不到万不得已，谁也不会把夫妻两个人的事闹到外面去，让全世界的人都知道；而作为离婚的主管部门，更多的则是调解劝和，能不离的尽量不让他们离，也正所谓劝和不劝散。当陈池龙和张丽仙两人来到街道办事处的时候，他们就面临着这样一个问题。

负责办理离婚的是街道办事处民政所的一个老头子，他并不认识陈池龙，陈池龙却已经认出他来了。他记得当时他和张丽仙的结婚登记就是他给办的。老头子终于也认出了他们，不由得一怔，一副很吃惊的样子，说："怎么？不是才结婚一年不到吗，怎么就闹离婚了？"

陈池龙早就领教过这种人的厉害。他要是不让你离，你就是说到天上去，也休想离得成。果然，他开始问话了，他问陈池龙："是不是把婚姻当儿戏了？想结就结，想离就离了。要知道，婚姻是一个人一辈子的事，要么不结，结了，就要一条路走到黑！要不，结婚的时候，门联上还要贴百年好合、白头到老干什么？结结离离是不道德的行为。"

老头子显然把陈池龙看成胁迫张丽仙离婚的罪魁祸首，而把张丽仙当成一个灾难深重的弱者、受害者。于是他一点儿也不考虑陈池龙的情绪，始终把道义的天平向张丽仙一边倾斜。他接着问陈池龙："是不是喜新厌旧？是不是又有外遇了？如果有，千万别当陈世美。要知道，陈世美最后的下场也是很可悲的。"

面对老头子的冷嘲热讽，陈池龙恨不得一拳打过去，狠狠揍他一顿，却又不敢发作。他知道这一拳过去的后果会是什么。陈池龙只好忍着。老头子终于觉得再说下去也没有什么新的内容，就开始问张丽仙。他问张丽仙："是不是真的同意离婚？如果有什么苦衷，或者是不同意离，可以提出来，并不是说到这里来非得就要办离婚。离婚既是两个人的事，也是一个人的事。婚姻双方只要一方不同意离，这个婚就离不成。"他一再暗示张丽仙不要怕，在婚内，夫妻两人之间可能存在着某种不平等，但在《婚姻法》面前，夫妻是绝对平等的。老头子希望张丽仙能够勇敢地站出来，从而使陈池龙的企图不能得逞。

张丽仙当然不可能按照老头子的意思去做，更不可能像老头子所希望的那样做，她觉得老头子实在是枉费心机。那种感觉就好像是她在市场上买菜，当她看上了什么，价钱都已经跟人家说好，已经在过秤了，这时突然出现一个人，莫名其妙地劝她不要买那菜似的，有点儿滑稽可笑。她平静地告诉老头子，陈池龙所说的其实也就是她的意思，他们确实已经没有在一起生活的意义和必要了。他们的感情已经完全彻底地破裂，他们只有离婚了。离婚对他们两个人来说都是一件好事，都是最好的解脱。既然《婚姻法》明确规定结婚自由，离婚也自由，那么，她希望老头子不要再为难他们，赶紧给他们办理离婚手续好了。

张丽仙的表态等于告诉老头子他已经没有什么戏唱了，但是职业的习惯决定他不可能就这样轻而易举地让他们离婚，那样就太便宜了他们。

民政所里的人一般都会得一种职业病，他们往往喜欢打听离婚当事双方的隐私。比如男方如何对女方进行虐待，如何因女方的不从而对女方施暴；女方又如何因性冷淡，几个月不让男方碰一次。如此之类，他们都非常愿意打听和了解，从中得到某种乐趣。老头子就是属于那种人。他启发性地暗示张丽仙："有什么委屈现在说出来还来得及。既然事情已经闹得这样大了，总不可能用一句感情不和就给全概括了。总有许多不便明说的原因和隐情，考虑清楚了现在就说；如果还没考虑成熟，就先回去好了，过几天想好了再来还来得及。又不是过几天我们就不开门了，不给办离婚了。"

陈池龙知道老头子在故意刁难他们，正待发作，张丽仙已经再次向老头子要求，说离婚是她和陈池龙深思熟虑过的，是她自己提出离婚的，完全没必要再考虑什么，更没有必要等下次再来，不如今天就给他们办了，省得大家都麻烦。说到这儿，她问老头子："你说是不是？"那等于告诉老头子，这证明你不能不开了。老头子看张丽仙态度那样坚决，又看陈池龙一副凶巴巴的样子，知道这个离婚证明是早晚要给他们开的，就极不情愿地给他们办了手续。

走出民政所的时候，陈池龙看张丽仙的脸色有点儿苍白，心里不由得涌起一阵歉意。他告诉她，现在他们住的这间房子就给她住了，他自己再想办法弄一间去。张丽仙却淡淡地说，不必了，她要搬到自己医院的宿舍里去住。陈池龙正想再坚持一下，张丽仙已经扭身走了。

回家的路上，陈池龙的心情变得很恶劣。他故意走得很慢，他知道这时候张丽仙正回宿舍收拾自己的东西，他不想在这个时候回去，免得两个人都搞得很尴尬。他毫无目标地在街上转来转去，也不知道自己到底要去哪里。大约中午十二点的时候，他回到了宿舍。那时，张丽仙已经走了。本来，两口子的东西就不多，两人结婚的时候也没买什么家具。张丽仙这一搬走，屋里就更显得空空荡荡。陈池龙心里突然涌起一股酸楚，想想自己都年近半百了，这都是何苦？他第一次开始感觉到自己曾经苦苦追求的东西在无形中已经祸害了一个又一个女人。这让他心里相当的愧疚。陈池龙自己都不清楚这样搞来搞去，自己的未来究竟是一个怎样的归宿，他有时会觉得自己当初怎么会那么糊涂，那样过分，现在才落个众叛亲离、孤家寡人的结局。尽管陈池龙和张丽仙都没有把他们离婚的事讲出来，鬼知道离婚没几天，他们已经办了离婚的事就闹得满城风雨了。那天在机关大院里，陈池龙正好碰上来地区办事的叶玉萍。陈池龙本想当作没看见，转身走掉，没想叶玉萍已经先叫了他，问他是不是跟张丽仙离了。陈池龙一愣，问她怎么知道的。叶玉萍说，纸还能包得住火吗？她为什么就不能知道。又说，你还真行呀！结一个离一个，你到底打算离多少个？陈池龙最受不了这种酸溜溜的冷嘲热讽，恼怒起来："你最好先搞清楚再对我兴师问罪好不好？你以为是我找她离婚的吗？"

叶玉萍说："反正你有不对的，她才找你离婚，否则她干吗要离婚？"

陈池龙说："好！行！全部都是我的错！从今往后我不结了，一个都不要了还不行吗？"

叶玉萍本来想再说他几句，却见他已经气得一声招呼也不打就走了，只得冲他的背影摇了摇头，心里恶狠狠骂了他一句：神经病！

陈池龙很快被组织找去谈话。

找他谈话的是地委组织部的一个副部长，姓祁，他是接受地委指派特意找陈池龙谈话的。长期搞组织工作的人都有一个习惯，总是喜欢居高临下地面对接受他谈话的人。他们把自己的职业看得很神圣、很庄严、很伟大，把自己看成领导们的化身，让你觉得跟他谈话，就好像跟中央什么大首长谈话一样。祁副部长给陈池龙的第一印象就是那样子，而那恰恰是陈池龙所不屑、所憎恨的。

由于陈池龙在心里对他充满反感，整个谈话过程变得相当不愉快。陈池龙也没有认真听他到底说了些什么，只觉得他的每一句话都让人从心里感到不舒服，又是批评又是警告，陈池龙听到后来再也忍耐不住了，他破口大骂："你们到底有没有搞清楚是谁找谁离婚？讲不讲道理？怎么什么坏事都往我身上推？你们到底想怎样？再说，《婚姻法》里哪条规定结了婚就不能离婚了？我离婚错了吗？我为什么就不能离婚？你们到底想怎么样？"

祁副部长显然从来没碰到过像陈池龙这样不讲道理的人，怔了半天，也没能反应过来。等他回过神来，陈池龙已经甩门走了。祁副部长在后面高声喊着："你连最起码的组织观念都没有，你要考虑自己这样做的后果！"

这时，陈池龙已经走得很远了，他突然又转过身来，朝祁副部长面前走了几步，然后站住，认认真真，一字一顿地说："给我一头牛，三分地，我回家种地去！老子不干了！"

第十章

1

陈池龙真想一甩手走人不干了。

他一气跑到机关事务管理局那里办理辞退手续，一办才发现事情并没有那么简单。事务管理局的经办人员从来没有遇到过这样的先例，说什么也不敢给他办粮食转移证明。

陈池龙眼睛一瞪说："为什么？"

经办人员看他气势汹汹的样子，说："我们不敢办。"

陈池龙说："我叫你办你就给办，有什么不敢？"

经办人员一肚子的委屈，她请陈池龙能够理解她，她说那是制度。她实在不敢私自做主。

陈池龙只得跑去找管理局局长老郭，老郭跟陈池龙认识，平时地区开会什么的经常在一起。陈池龙提出要辞官回家让他感到非常惊讶，说："哪有县处级干部自动提出辞退的？听都没听说过。"说什么也不敢给陈池龙办手续。

陈池龙气得跑去找周映丁。周映丁正在接待客人，秘书安排他到接待室先坐着。等周映丁送走客人，也不等秘书安排，陈池龙已经一头闯进了周映丁的办公室。周映丁其实早就知道陈池龙来的目的，没等陈池龙开口，他已经先表态了。他说："不行！那是不可能的。你现在已经不是一个普通干部，你是一个县处级领导干部，还是一个老红军、老干部。你这一辞职，你知道会带来什么样的后果吗？人家会怎样议论组织、怎样议论地委？说我们在陷害老红军、老干部，这个后果我们可担当不起！当然，你的问题已经很严重，但是我们仍然要慢慢教育你、改造你！一年不行，两年；两年不行，十年；十年不行，二十年。反正要把你的错误思想彻底转变过来。"又说，"你先安心回去上班，如果工作岗位不合适，我们会重新考虑。"

周映丁几乎容不得陈池龙做任何辩解，就已经把他挡到门外去了。陈池龙心里窝着火，却没地方发。

几天后，地委做出决定，调陈池龙为地区宗教事务管理局局长。宗教局是二级局，正局长才是副处级。地委在任命书上局长的后面加了一个括号：正处级。谁都知道宗教局是一个无职无权的单位，地委的意图实际上就是让陈池龙去那儿挂个虚名而已。陈池龙有点儿哭笑不得，心想：让我这个光棍儿去管和尚、尼姑，你地委真毒，亏你们想得出来。任命书下来几天了，陈池龙也懒得去报到，所有的迁转手续都是宗教局的办事员给办的。

陈池龙在宗教局一待就是六年，这六年里，情况发生了很大的变化。周映丁已经三跳两跳调到省里当了省委副书记，马超也调到省里任省人大副主任。就是过去陈池龙的那些部下，这下也一个个都提拔起来，官当得比陈池龙还要大了。

陈池龙并不关心仕途，仕途对他来说一点儿也不重要。什么重要，连他自己也说不清楚。作为宗教局的局长，他常常要跑寺庙尼庵，天天跟那些和尚、尼姑打交道。青灯古寺，佛界禅境也没能使他的心境平静下来。他的脾气已经变得很古怪，他几乎和所有的朋友都断绝了来往，一点儿也不想跟他们打交道。他有意把自己封闭起来，拒绝外界的所有活动。

没事的时候，陈池龙也会想起九红，想起张丽仙，想起已经没有任何下落的任雯。每当这个时候，他心里就会有一种说不清楚的感情，说不出到底是内疚呢，还是其他什么。

自从跟张丽仙离婚后，他几乎就没再见过她。一次陈池龙带几个部属到有关寺庙去了解僧人的生活情况，主人顺便带他们到各个佛殿转了转，转到观音殿的时候，陈池龙看见一个女香客跪在香案前烧香。从他站的位置，他只能看到女香客的背影，但他却一眼看出那个女香客正是张丽仙。陈池龙不禁傻了。

在这种地方碰到陈池龙，张丽仙显然也感到很意外，一时心里慌乱得很，不知说什么好。两人就这样四目相对了一阵后，陈池龙正想过去问候一声，张丽仙却已经扭头逃一般跑了。那是他们离婚后，陈池龙第一次也是最后一次见到她。

陈池龙并不知道，因为他和张丽仙的离婚，大家在议论陈池龙的不是的同时，几乎也都在议论张丽仙的不是，唾沫差不多要把她给淹死了！离婚给张丽仙的心灵带来了巨大的伤害。离婚后，她就调回闽中县去了，她本来想只要躲开地区，躲开那个是非之地，事情就会好起来，没想到回到闽中还是没法儿让她躲掉那些非议。她依然时时处在那些非议的包围之中。此时，她已经决定远离闽中，到宁夏投奔她姐姐去了。

九红也一样。自那次儿子陈冬松住院见过她后，陈池龙就再没有见过她，就连陈小小和陈冬松也已经很长时间没见过了。倒是那年陈小小要出嫁，她带那个男的到机关里来找他。那天，他正好下乡去了，不在。陈小小就给他留了一张字条，告诉他，她要嫁人了，男的是一个当兵的，部队在安徽，结过婚她就要随他去安徽了。女儿希望在她结婚的那天，做父亲的能够回去一趟，给女儿祝福。

陈池龙下乡回来看见陈小小留的字条，心里有一种说不出的复杂的感情。女儿结婚那天，他并没有回去。他去街上转了半天，最后买了一条苏州真丝围巾、两双女袜和一面镜台，然后托人带回去。他也不知道女儿到底喜不喜欢，反正那是他的一片心意。不知道为什么，随着年龄越来越大，他骨子里的那种亲情也变得越来越浓。两个孩子从出生到长大成人，他几乎没有真正关心过他们一回。后来，两个孩子中学毕业了，打电话要父亲替他们在城里找份工作，他在电话里一口回绝了。他说不能搞特殊化，让他们自己找去。现在想来，他觉得自己有点儿对不起他们。

陈小小要离开闽中去安徽的那天，她带着新婚夫婿又一次来地区机关找陈池龙。那天，陈池龙正好在，他看见女儿的脸上挂着灿灿的笑，女婿的表情则很恬静、很满足，就知道他们的小日子一定过得很幸福，心里不由得感到宽慰。他问女婿："部队在安徽哪里？"

女婿说："在安徽太平。"

陈池龙听后差点儿没跳起来，心想怎么会那么凑巧呢？他怀疑自己听错了，又问了一句说："你说在哪里？太平？"

女婿说："没错，太平。"

陈小小知道父亲当时的部队就在太平，并且还爱上了一个太平的姑娘。她觉得这时候再提起太平实在有点儿不适宜，正愁着要如何转移话题，陈池龙正好也不想就这个话题再说些什么，他只淡淡说了一句："太平好，太平是个好地方！"

女儿女婿走后，陈池龙对自己刚才的那句话玩味了大半天。毕竟，太平给他留下了太多美好的和伤心的回忆：任雯就是太平人呀！他想，如果有机会，真的应该再去太平走走。也许，他这一生中最美好的、最值得他去怀念的地方也只有太平了！

陈小小去安徽后不久，高中毕业的陈冬松在农村干了几年农活后也被闽中县一家机械厂招去，当了一名钳工。这是陈冬松在电话里告诉陈池龙的。小伙子跟他通话的时间不到一分钟，所说的几句话简短扼要，简直像在给他发电报。每句话里都充满了怨气。那意思很明显，尽管他这个父亲不肯帮忙，他终于还是找到了一份工作。没等陈池龙听清楚，那边已经"咔嚓"一声把电话给挂掉了。陈池龙越来越发现这个家伙一点儿也不像他的姐姐，跟自己一点儿也不投缘。从闽中县到闽侯，也不过坐一个小时多点的车，他却从来不想到闽侯看看自己的父亲。小家伙少言寡语，平时都难得见他笑一下，陈池龙觉得自己跟他之间，总隔着一层什么。

陈池龙知道这个家伙除了因为工作从心里恨他，从心里拒绝他外，问题的症结还是因为他休了九红。否则，他不可能对自己的父亲这么傲慢无礼。陈池龙气得在心里骂着：小王八崽子，你恨什么恨？事情要是让你碰上了，你会那样宽容大度吗？陈池龙没有想到，事隔不久后，他和自己的儿子还会有一场较量。

2

"文化大革命"开始那年，陈池龙已经五十一岁了。陈池龙和绝大多数中国人一样，对那场突如其来的运动，没有半点儿预感，更想不到那把熊熊的大火在闽侯地区会第一个烧到他的身上。这时的闽侯地区实际上已经撤销，闽侯县已经划归福州市管，地区所在地也已经搬到闽中县，改名闽中地区，陈池龙所在的地区宗教局也随整个地区迁移到闽中县城。

陈池龙前后离过两次婚，并且长期追求一位地主家庭出身的皖南姑娘的事在闽中县及整个地区，早已天下皆知，不是什么新闻，只是陈池龙自己不知道而已。其实，要说陈池龙真的什么都不知道也不符合事实，他只不过是不把它当一回事就是了。他从来就不想去管人家到底怎样看待他所做的事，只要他愿意，他爱怎么做就怎么做。陈池龙为此树敌不少，并且将要为此付出代价。

"文化大革命"刚开始那会儿，大家对破什么、立什么、什么该打倒、什么不应该打倒的概念还相当模糊，以至于全国各处都不同程度地弄出一些笑话。在闽中，看法却是惊人的一致，打陈批陈，好像这场"文化大革命"就是因为陈池龙才发动起来似的。

第一个站出来要把陈池龙打倒的是这时已经当上闽中县妇联主任的叶玉萍。叶玉萍对陈池龙的情况烂熟于胸，她早就已经发现陈池龙是一个作风下流、思想品质极端败坏的男人，却一直苦于没有机会对他的错误思想和行为进行清算和批判。"文化大革命"的到来，无疑为她提供了一次最好的机会。她要把他搞倒、搞臭，替那些阶级姐妹报仇雪恨，替她们出一口气。

那时，闽中县城几乎还看不到什么大字报，街上即使出现一些零零星星的大字报，也写得相当含蓄，没敢指名道姓直接点出某某人的名字，更多的则是批评某些单位的衙门官僚作风等。叶玉萍则不一样，她就像是一个苦大仇深的老农终于盼来了翻身做主人，盼来了打倒地主的那一天。她旗帜鲜明、目标明确，一刀直指陈池龙的心脏。她在闽中县城最为繁华的人民影剧院门口，一气贴出十几张批判陈池龙思想品质败坏、作风下流的大字报，其反响如在闽中城上空扔下了一颗巨型炸弹，让人目瞪口呆。

事情就是这样，一旦有人开了头，马上就有许多人积极响应。叶玉萍的大字报一贴出来，短短几天，整个闽中城，大街小巷几乎贴满了炮轰陈池龙的大字报。所有的大字报几乎就一个内容，那就是陈池龙的生活作风和思想品质问题。有的大字报还配上漫画，画面上画着一男一女两个人。男的是人高马大的陈池龙，女的是陈池龙日思夜想、连做梦都想要娶的那个皖南姑娘任雯。

大字报贴出后，几乎所有看过大字报的人都为陈池龙这样一个老红军、老革命，有着二十几年党龄的党的十四级干部的堕落和腐化感到震惊和不可理解。他们怎么也弄不明白，他为什么会有那些想法？

除了利用大字报进行批判，闽中城里所有的有线广播这下也都被充分利用了起来，一天到晚响个不停，专门针对陈池龙的错误思想和行为进行批判。

所有这些都是陈池龙无法预见的。他更无法预见的是，叶玉萍还写信给远在宁夏的张丽仙，鼓励她回家勇敢地站出来，参加声讨批斗陈池龙，只是张丽仙没有响应罢了。叶玉萍又去龙潭村动员九红，让她也勇敢地站出来检举揭发陈池龙。

九红一听说城里的造反派要批判陈池龙，"哇"的一声当场哭起来。她说，你们不要难为他，他其实不是一个坏人；一切全都是她的错，是她把他给害了的，要批判就批判她，她才是真正的坏女人。

叶玉萍动员了半天，她就是不去。叶玉萍不禁仰天长叹一声，回城里去了。

批斗的火焰越烧越猛。陈池龙看到满街铺天盖地贴着批判自己的大字报，气得咬牙切齿，骂爹骂娘，却也拿他们没办法。批斗很快就升级了。由于省委一把手已经被造反派推翻，省委副书记周映丁成了省委临时负责人，负责指挥全省的造反派夺权和政治运动。周映丁亲自给闽中地委打了一个电话，让他们要趁这次"文化大革命"，好好给陈池龙洗一洗脑子。

一接到上级指示，陈池龙立即受到了隔离，"造反派"还成立专案组专门负责审查陈池龙，天天逼他写检查，并且特意交代：要从他当初如何抛弃第一个妻子开始写，一直到如何追求一个地主的女儿，再如何把第二个妻子也抛弃了，统统给写出来。而所有问题的核心，必须围绕并彻底交代清楚为什么非得要娶一个白璧无瑕的女人做老婆，那种女人对他的诱惑力真的那么大吗？那是重点，必须彻底坦白交代。

陈池龙知道这回的检讨跟过去在部队时，部队领导叫他写的检讨完全不一样。那时部队不过是吓唬吓唬他，而他也不过是在敷衍。这回，却是要他把灵魂深处的东西统统掏出来给大家看，是要革他的命！他哪里肯写，一把抢过造反派给他的纸和笔，当下给砸到墙根儿去了。他的那双眼睛因愤怒而变得阴森森的，他冲着"造反派"冷笑着，他说："你们不是要我写检查吗？好呀！我这就写。你们需要什么，我就写什么。我这不是很听话吗？你们还有什么不满意的呢？你们都给我听清楚了，你们就是一群浑蛋！"

批斗进一步加温升级。从最初的贴大字报、写检查，已经发展为戴高帽，挂上品质败坏、作风下流的胸牌去游街示众，陈池龙被搞得疲乏不堪。他一边被游街，一边破口大骂。"造反派"没办法，只好又把他关进了隔离室，又逼他写检查。

关陈池龙的隔离室实际上是一间废弃的贮藏室，里面就一张桌子、一只凳子，还有一张简易的木板床和一只大小便用的马桶。陈池龙一日三餐，都由"造反派"负责送菜送饭，他一步也不能离开隔离室。陈池龙哪里受得了他们这样对待他，气得他把门擂得震天响，要"造反派"

放他出去。"造反派"就像没听见似的，让他闹去。

有一天，叶玉萍到隔离室亲自讯问陈池龙。叶玉萍现在已经是闽中"造反派"的头目了。有一个问题她一直搞不懂，陈池龙几乎把命都搭在了追求白璧无瑕的女人上了，这究竟是为了什么？过去她一直没有机会问起陈池龙这个问题，也不好意思问。现在不一样了，她想怎么问就可以怎么问。

她问陈池龙："陈池龙，你跟我说实话，白璧无瑕的女人是不是你这一生追求的唯一目标？这一辈子如果没有找到一个白璧无瑕的女人，你是不是会很后悔，是不是会死不瞑目？"

陈池龙被气晕了，故意跟她胡说八道，说："这句话问你丈夫去，他什么都会告诉你的！"又说，"我倒是想问你一个问题，当初你跟你丈夫结婚的时候，你是不是还没有被男人碰过？"

这句话问得叶玉萍没有一点儿思想准备。她一时语塞，脸也红起来了。她说："你这话是什么意思？"

陈池龙说："没什么意思，就想问问。你说，到底是，还是不是？"

叶玉萍说："谁被男人碰过了？"

陈池龙说："那好。我再问你，当初你为什么要把自己白璧无瑕的身子留给他？为什么不让人先破了你的身子，然后再嫁给他呢？"

陈池龙近乎无理的追问使得叶玉萍恼羞成怒了。她说："陈池龙，你这话问得太下流无耻了！你凭什么要我先让别人破身呢？你把我当成一双破鞋，谁想穿就能穿是不是？"

陈池龙说："我没那个意思，我只想问你，当初你跟你丈夫结婚的时候，到底是不是一个白璧无瑕的女人？其实，话说回来，那跟我又有什么关系？如果是呢？说明你丈夫运气比我好；如果不是呢？说明你丈夫涵养比我好，讨了一个不是白璧无瑕的女人做老婆，他也容得下，不当一回事！"

叶玉萍显然再也无法容忍下去了，她气得泪水哗哗直流，一边哭一边骂："陈池龙，想不到你会这么卑鄙下流，你简直就不是人！"气得一扭身，哭着跑了。

叶玉萍走后的当天下午，陈池龙当钳工的儿子陈冬松来到了关押父亲的隔离室。

陈池龙并不知道陈冬松已经参加了县工宣队，成了"造反派"的一员，更不知道他是受叶玉萍的指派，肩负着重要的使命来找他这个父亲的。

自那次医院一别后，陈池龙就再没有见过陈冬松。当已经是青年人的陈冬松出现在陈池龙面前时，陈池龙简直有点儿不敢相信他就是自己的儿子。人到了这种时候，特别希望能够有一个亲人出现在自己的身边，那是非常欣慰的一件事。陈池龙一开始就认为陈冬松是专门来看他的。他激动万分，拉住陈冬松的手久久不放开。他说："你知道吗？在这里，我连一个说话的人都没有，你不知道我心里有多难受。他们所说的那些关于我过去的事，我都改了，我都后悔了，他们凭什么还要把我关起来？凭什么要批斗我？他们是一群浑蛋！王八蛋！"

陈池龙发现自己说了半天，也不见儿子有什么反应。这才发现陈冬松一脸的怒气，其实对他一点儿也不友善。果然，陈冬松开始说话了，他说："依我说，'造反派'是对的。我先不说因为你，我的母亲这辈子是怎么过来的，我只想问你，你难道真的一点儿也不觉得自己做得很过分，真的一点儿也不为自己的无耻行为感到内疚、感到后悔、感到自责吗？到了现在，你难道还不能醒悟过来吗？"

儿子咄咄逼人的诘问，让父亲感到震惊。如果这些话是从"造反派"，是从叶玉萍嘴里讲出来的，陈池龙一点儿也不会觉得惊讶。问题是这话是从他的儿子嘴里讲出来的，这就让他不可理解和无比痛心了。他终于发现儿子并不是平白无故来看他的，儿子是代表"造反派"来批斗他、教育他的。

陈池龙觉得自己的脾气比过去好多了，所有的锐气、棱角都已经被"造反派"磨得光溜溜了。他一点儿也不想跟儿子发脾气，他心平气和地问儿子陈冬松："儿子，你刚才说的那些话，父亲这辈子不知道已经被人问过多少回了。实在有太多太多的人跟父亲说过那些话，听得父亲耳朵都长茧了。父亲也不知道你到底现在有没有女朋友，但父亲只想听你一句心里话，你是希望你将来的妻子是一个白璧无瑕的女人呢？还是希望她是一个身子不干净的女人？你说你父亲的追求有没有错？当然，那也是一个男人最普通的追求。后来，经过领导的批评教育，我也已经认识到作为一个革命者，那些想法是不对的，我也已经改了呀。你母亲的事已经让我后悔一辈子了，为什么现在大家还要对这事纠缠不休？你不要跟他们一样，想来改造我，你如果还念着我们的父子关系，想跟我叙叙旧，说说话，我没意见；你要是代表造反派，想来改造我，那你趁早走吧！我不想跟你再说一句话。"

陈池龙说着，就不再理儿子了，把自己的后背给了他。看陈池龙那样执迷不悟，陈冬松别提心里有多扫兴，呆呆坐了一阵子走了。

过了两天，闽中城最繁华的人民影剧院门口的墙壁上，又新贴出一大溜的大字报。标题非常醒目：陈池龙，奉劝你悬崖勒马、迷途知返，否则只有死路一条。大字报洋洋洒洒千万言，列举了陈池龙如何下流，如何坑害九红，如何追求享乐的十大罪状。下面的落款是陈池龙的儿子陈冬松。

由于大字报是陈池龙的儿子亲自写的，无形中对批判陈池龙就更有说服力了。这下，陈池龙几乎成了全闽中人人公认的下流腐化、十恶不赦的大坏蛋。为了让陈池龙彻底认输，叶玉萍叫"造反派"把陈池龙"请"

到大字报现场接受教育。陈池龙做梦也没有想到自己的儿子会贴他的大字报，一看就激动了起来，气得身子发抖。他大骂陈冬松无耻！他对造反派们说："有种你们去把陈冬松叫来，我要当着大家的面扇他一个耳光，我陈池龙的儿子绝不是像他这样的卑鄙小人！"

其实，此时的陈冬松就站在离陈池龙不远处的人群里，他觉得自己的脸面都让他的父亲给丢尽了。

3

过去在战场上都不曾被敌人打败过的陈池龙，这回却被一场"文化大革命"、被他的儿子给打败了。儿子的事对陈池龙的打击实在太大了。他病了，一天到晚四肢软软的，没有一丝力气，胃口又差，身上老冒着虚汗。"造反派"担心他要病死掉，派专人带他去医院做了一回检查，结果也没发现什么大病，又把他带回去继续隔离审查。

"文化大革命"正一步步走向深入。随着上海"一月夺权"的胜利，夺权之风刮遍各省市。全国陷入"打倒一切"的混乱状态。地方各级党组织和政府机关相继瘫痪或半瘫痪；公安、检察、法院等机关基本失去作用；工矿企业停产或半停产；武斗成风，交通严重堵塞，社会秩序混乱，局势难以控制。

"文化大革命"却仍然要按照预定的方针继续进行下去。身为中央军委主席的毛泽东决定让人民解放军正式介入"文化大革命"。

几天时间不到，叶玉萍实际上成了闽中县的一把手。叶玉萍正当盛年，精力相当充沛。坐上了县第一把交椅的叶玉萍仍然没有忘记还在贮藏间里的陈池龙，她不可能忘掉他。在她的心目中，陈池龙就是一个极端下流无耻的男人。她发誓要把他彻底改造过来，她要让他脱胎换骨、重新做人。

叶玉萍其实估计错了。陈池龙哪里还吃这一套，他根本就看不起那些新兵蛋子。当一九三七年陈池龙投奔革命，出生入死打国民党反动派、打日本鬼子时，那些新兵蛋子都在哪里呢？

虽然陈池龙一点儿不把那些新兵蛋子看在眼里，但是这并不影响他们要找他谈话的打算。找他谈话的是一个连长，年纪二十五六岁的样子，个子矮矮的，身材瘦瘦的。他告诉陈池龙，他是厦门人，都是福建老乡，好说话。他让陈池龙放松点儿，没必要紧张。陈池龙心里说：我紧张个头，我还怕你不成？

矮个子连长的问话有点儿漫不经心。他说他已经听到很多人说起陈池龙的事，说陈池龙是一个非常固执、顽固不化的人。见了面，他才发现实际情况其实跟那些说法有出入，他没看出陈池龙固执呀，那说明那些话都是外面的人不负责任乱讲的。

接着，他像是陈池龙的一个交情很深的老朋友似的，向陈池龙问起不知被多少人问过的那个老话题。但他比别人聪明，他告诉陈池龙，陈池龙要求找一个白璧无瑕的女人做老婆，其实是很正常的，那也是所有男人的普遍心理，是完全可以理解的，但问题是陈池龙的身份与别人有所不同，他毕竟是一个老红军、老革命，毕竟是党培养多年的十四级领导干部。单单从这一点上讲，他就必须处处自律，处处起带头和表率作用，而不能等同于一个普通的老百姓，甚至还不如一个普通的老百姓。从这种意义上讲，陈池龙就显得太封建，他的要求就显得有点儿过分，让人不能接受了。

这时陈池龙插话说："你说的那些已经过时了，我早已经不那么认为了。一句话，我已经改了！"

矮个儿连长继续说，是吧？你改了？那很好！是呀，谁也不是圣人，谁的身上没有缺点错误？只要勇于承认错误、正视错误、改正错误就是一个好同志。要知道他的生活作风、思想品质问题已经在社会上产生了极其不良的后果和影响。现在消毒的最好办法，也只有他自己站出来，不留情面地拿起手术刀自己解剖自己。刀子割在自己的身上，疼痛是难免的。革命分两种：一种是革别人的命，一种是革自己的命。陈池龙当初参加革命消灭敌人，那是革别人的命；现在和平时期，敌人早已被消灭了，但自己身上的敌人仍然还在，这就要把刀、把枪对准自己，革自己的命。革别人的命容易，革自己的命难。但必须革，并且要革彻底、不留余地、不留后患。不革，党就要完蛋，国家就要完蛋。

陈池龙发现，矮个子连长那带浓浓闽南腔的普通话绕了半天，仍然还是没有离开要他写检讨、承认自己的错误，不禁越想越火，冲着矮个子连长又骂爹骂娘起来。

矮个子连长感到很意外，怔了怔说："你怎么可以随便开口骂人呢？你是一个十四级干部，你参加革命几十年了，你不该这么没有水平、没有涵养！"

陈池龙骂道："涵养个屁！我到底犯了什么法？我都说我已经改了，你们还天天把我关在这里？你们有什么资格来跟我讲什么水平、涵养？"

矮个儿连长说："那是因为你始终不肯承认自己的错误，这就好像你身上明明有病，并且病得不轻，人家都给你诊断出来了，你却不肯吃药。你拒绝治疗，我们只好对你进行强制治疗。不这样做，你就会把病传染给别人，你自己也会完蛋死掉！"

陈池龙被激怒了，他一把掀翻了面前的桌子，大骂着："老子参加革命的时候，你都在哪儿呢？你有什么资格来教训我？你们说我有病？

什么病？你说我是病人，你们就不是病人了？你说我封建，那么你们就不是封建了？告诉你，别给我表面一套、背后一套了，我陈池龙从来就不搞明里暗里的那一套，你给我滚！马上滚蛋！"

陈池龙太愤怒了，他想这么一件人人都需要、人人却都不敢讲的事，怎么最后可以把责任统统都往他一个人身上推呢？这是什么道理？这简直太荒唐了！

陈池龙的病情变得越来越严重，连饭都吃不下了。没多长时间，平时壮得像一头牛的他瘦得只剩下皮包骨头了。陈池龙这才意识到自己可能得了什么不治之症。因此，当"造反派"再次要把他弄到医院去检查时，他说什么也不肯去，后来"造反派"强行把他抬到了车上，到医院一检查，才发现已经胃癌晚期了，他只有等死了。

专案组的同志把情况向叶玉萍做了汇报。叶玉萍脑袋瓜儿一转，命令把陈池龙弄到他的老家龙潭村去。叶玉萍说："那样做至少有两个好处：一、陈池龙尽管愚顽不化、不可救药，但在他生命的最后一刻，仍然要让他明白，党和人民决不会包庇和纵容他的错误。从哪里跌倒了，他必须从哪里爬起来。二、体现党历来提倡的人文关怀，让他感受到在他生命中最需要人关心和体贴的时候，身边有人，而那个人，已经用自己的青春和一生在爱他，在为他做出奉献和牺牲。以此让陈池龙幡然醒悟，然后带着内疚和愧悔闭上眼睛。"

当陈池龙被"造反派"用担架抬到龙潭村的时候，九红才知道，陈池龙已经快走到生命的尽头了。在此之前，九红虽然生活在农村，可城里发生的事情她都知道。比如，陈池龙当上县长啦！陈池龙调去地区工业局啦！陈池龙又调到哪里哪里等。"文化大革命"一开始，她就听人说陈池龙在城里挨批判了，满城都贴着批判陈池龙的大字报，批判的原因，与九红和另外几个女人有关。九红就明白到底是怎么一回事了。后来，那些传言她从叶玉萍和儿子陈冬松那里得到了证实。于是，她开始急了，天天为陈池龙的处境担心。她当然不可能像叶玉萍所希望的那样，去揭露、批判陈池龙。她为什么要批判他呢？要说错，是她而不是陈池龙。要不是她，陈池龙也不会落到今天这步田地。有几次，九红曾想去城里看看陈池龙，但最终还是没有去成。她怕自己的出现会让"造反派"借此大做文章，使陈池龙蒙受更大的伤害和打击。那样，她就更对不起陈池龙了。

陈池龙现在以这种样子出现在她的面前，委实让她又吃惊又心痛。她根本就无法接受这种事实，也不管送陈池龙的"造反派"在场，她当场就哭了。

"造反派"说："他把你这辈子害得那样惨，你还替他掉眼泪？"

九红说："是我害了他，不是他害我。"

"造反派"不由得感叹，都觉得她很可悲。

"造反派"走后，九红到处找医生讨药方，给陈池龙治病，只要听说哪里有好的医生，她就往哪里跑。除了跑医生，一天到晚，她寸步也不离陈池龙，时时刻刻守在陈池龙的身边。她知道，这所有的一切都是她造成的，现在该是她还债的时候了。为此，她心甘情愿为陈池龙做一切事。

陈池龙被送回老家时就已经不能下床了，天天就在床上躺着。为了防止在床上躺久了，陈池龙身上长褥疮，九红一天要替陈池龙擦洗两次身子，还要帮陈池龙接屎接尿。陈池龙一天到晚就那么昏昏沉沉睡着。他一次次处于昏迷状态，又一次次醒了过来。但他发现，只要他一睁眼，身边必然有九红在。她那关心、体贴的样子，看得陈池龙都感动了起来。只有这时，陈池龙才有时间认真地打量眼前的九红。

在过去的几十年间，就是在他和九红刚刚结婚的头几天里，陈池龙也从来没有像现在这样认真地看过她一回。陈池龙发现九红变老了，头发也变白了。人瘦了、憔悴了，皮肤也已经变得比过去粗糙，没有光泽了。过去那双水灵灵的眼睛，也已经变得混浊不堪了。心里就想，她当初要是嫁给了别的男人，也许就凑合着过了，像天下所有的夫妻那样，小吵小闹，不好不坏，一辈子过着平平淡淡的日子。偏偏遇上了他，所有的灾难也就跟着来了。陈池龙看着当年自己住过的这间屋子，觉得它仍然像二十几年前一样的破旧；昔日如花似玉的九红，如今却已成了人老珠黄的老太婆了，心里不由得一阵伤感，觉得是自己害了她。

一天，他终于动情地对九红说："我让你再找一个好人家嫁了，你为什么就不听我的话呢？你为什么要这样苦自己？你一定在恨我吧？我这一辈子，一共害了三个女人，头一个就是你。今天我落到这个下场，应该说是得到了报应。其实，从我的本意上讲，我一点儿也没有想害你们的意思，我不过是盼望能够得到一个完整的东西，我不希望自己得到的东西残缺不全。仅此而已。起初我真的是那样想的。后来，我已经不那么想了，通过领导的帮助和党的教育，我已经自己突围出来了。可是人家就是不信。我真是拿他们没办法呀。"陈池龙就那样不紧不慢地说着，听得九红泪眼婆娑。

病魔正一点一点地吞噬着陈池龙的生命。在他生命的最后几天里，九红经常听到陈池龙喊着任雯的名字，那声音几乎就在他的喉咙里，很微弱的，不去认真听根本就听不出来。

又过了几天，陈池龙那颗极其微弱的心脏终于停止了跳动。那一刻，一丝淡淡的笑定格在他的脸上……